林格伦作品选集·美绘版

亲爱的所有中国孩子：
　　我多么想给你们每一个人都直接写信，表达对你们阅读我的书的喜悦。但是此时此刻，我只能说：祝你们阅读愉快。继续读吧，直到把我的书全部读完。
致热烈的问候！

阿斯特丽德·林格伦

LINGELUN
LULINNÜERLUONIYA
MeiHuiBan

绿林女儿罗妮娅

〔瑞典〕阿斯特丽德·林格伦 ◆ 著
〔瑞典〕伊隆·维克兰德 ◆ 画
李之义 ◆ 译

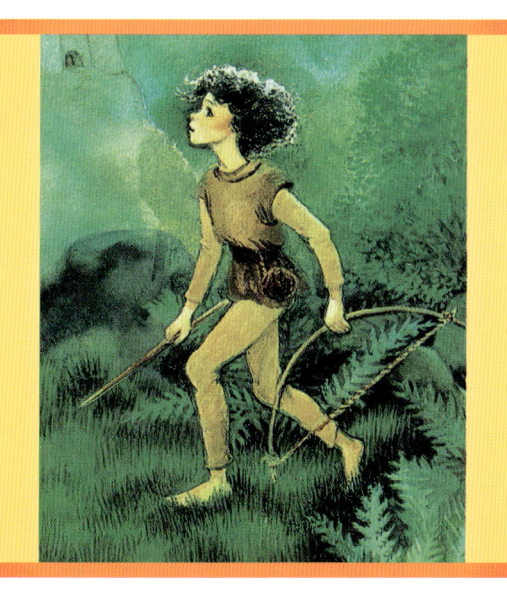

中国少年儿童新闻出版总社
中国少年儿童出版社
北京

绿林女儿罗妮娅

林格伦作品选集【美绘版】

〔瑞典〕阿斯特丽德·林格伦 ◆ 著
〔瑞典〕伊隆·维克兰德 ◆ 画
李之义 ◆ 译

原版书名：Ronja Roevardotter
原出版人：Rabén & Sjoegren Bokförlag AB, Stockholm, Sweden
© Saltkrakan AB/Astrid Lindgren 1981
Illustrations © Ilon Wikland
All foreign rights are handled by Saltkrǎkan AB, Sweden, info@saltkrakan.se
For information about Astrid Lindgren's books, see www.astridlindgren.com

图书在版编目（CIP）数据

绿林女儿罗妮娅 /（瑞典）林格伦（Lindgren,A.）著；李之义译. —北京：中国少年儿童出版社，2015.6（2023.8 重印）
（林格伦作品选集）
ISBN 978-7-5148-2357-8

Ⅰ.①绿… Ⅱ.①林…②李… Ⅲ.①儿童文学-长篇小说-瑞典-现代 Ⅳ.①I532.84

中国版本图书馆 CIP 数据核字 (2015) 第 070966 号
著作权合同登记　图字：01-2008-5550

LU LIN NÜ ER LUO NI YA
（林格伦作品选集）

出版发行：	中国少年儿童新闻出版总社 中国少年儿童出版社
出 版 人：	孙　柱
执行出版人：	马兴民

策　划：徐寒梅　缪　惟　高秀华	装帧设计：缪　惟
责任编辑：徐寒梅　缪　惟　高秀华	责任校对：韩　娟
美术编辑：缪　惟	责任印务：厉　静

社　　址：北京市朝阳区建国门外大街丙 12 号		邮政编码：100022
总 编 室：010-57526070		发 行 部：010-57526568
官方网址：www.ccppg.cn		编 辑 部：010-57526320
印　　刷：北京华宇信诺印刷有限公司			
开　　本：880mm×1230mm　1/32		印　张：7.25
版　　次：2015 年 6 月第 1 版		印　次：2023 年 8 月北京第 15 次印刷
字　　数：130 千字		印　数：108001—113000 册
ISBN 978-7-5148-2357-8		定　价：28.80 元

图书出版质量投诉电话 010-57526069，电子邮箱：cbzlts@ccppg.com.cn

序

在当今世界上,有两项文学大奖是全球儿童文学作家的梦想:一项是国际安徒生文学奖,由国际儿童读物联盟(IBBY)设立,两年颁发一次;另一项则是由瑞典王国设立的林格伦文学奖,每年评选一次,奖金500万瑞典克朗,是全球奖金额最高的奖项。

瑞典儿童文学大师阿斯特丽德·林格伦女士(1907—2002),是一位著作等身的国际世纪名人,被誉为"童话外婆"。林格伦童话用讲故事的笔法、通俗的风格和神秘的想象,使作品充满童心童趣和人性的真善美,在儿童文学界独树一帜。1994年,中国少年儿童出版社把引进《林格伦作品集》列入了"地球村"图书工程出版规划,由资深编辑徐寒梅做责任编辑,由新锐画家缪惟做美编,并诚邀中国最著名的瑞典文学翻译家李之义做翻译。在瑞典驻华大使馆的全力支持下,经过5年多的努力,1999年6月9日,首批4册《林格伦作品集》(《长袜子皮皮》《小飞人卡尔松》《狮心兄弟》《米欧,我的米欧》)在瑞典驻华大使馆举行了首发式,时年92岁高龄的林格伦女士还给中国小读者亲切致函。中国图书市场对《林格伦作品集》表现了应有的热情,首版5个月就销售一空。在再版的同时,中国少年儿童出版社又开始了《林格伦作品集》第二批作品(《大侦探小卡莱》《吵闹村的孩子》《疯丫头马迪根》《淘气包埃米尔》)的翻译出版。可是,就在后4册图书即将出版前夕,2002年1月28日,94岁高龄的阿斯特丽德·林格伦女士

在斯德哥尔摩家中，在睡梦中平静去世。2002年5月，中少版《林格伦作品集》第二批4册图书正式出版。至此，中国少年儿童出版社以整整8年的时间，完成了150万字之巨的《林格伦作品集》8册的出版规划，为广大中国少年儿童读者奉献了一套相对完整、系统的世界儿童文学精品巨著，奉献了一个美丽神奇的林格伦童话星空。

由地球作为载体的人类世界是千姿百态、丰富多彩的。可以是物质的，也可以是精神的；可以是科学的，也可以是文学的。少年儿童作为人类的未来和希望，从小就应该用世界文明的一流成果来启蒙，来熏陶，来滋润。让中国的少年儿童从小就拥有一个多彩的"文学地球"，与国外的小朋友站在阅读的同一起跑线上，是我们中国少年儿童出版社的神圣职责。在人类进入多媒体时代的今天，中国少年儿童出版社倾力打造的高格调、高品质的皇冠书系，该书系的图书均以"美绘版"形式呈献。皇冠书系"美绘版"图书自上市以来迅速得到了广大青少年读者的认可，取得了良好的社会效益和经济效益。今天，中国少年儿童出版社将《林格伦作品选集》纳入皇冠书系，以"美绘版"形式再次出版林格伦女士最具代表性的作品，它们分别是《长袜子皮皮》《淘气包埃米尔》《小飞人卡尔松》《大侦探小卡莱》《米欧，我的米欧》《狮心兄弟》《吵闹村的孩子》《疯丫头马迪根》《绿林女儿罗妮娅》《海滨乌鸦岛》《叮当响的大街》《铁哥们儿擒贼记》《小小流浪汉》《姐妹花》。此次中国少年儿童出版社倾力打造的"美绘版"《林格伦作品选集》，就是要让世界名著以更美的现代化形式走近少年儿童读者，就是要让林格伦的童话星空更加绚丽多彩。

愿《林格伦作品选集》(美绘版)陪伴广大的少年儿童朋友快乐成长，美丽成长。

林格伦和她创造的儿童世界

——李之义——

早在世纪之初著名作家埃伦·凯伊(1849—1926)就曾预言,20世纪将成为儿童世纪。这句话是否应验,这里不去讨论,但是林格伦在1945年步入儿童文坛就标志着世纪儿童已经诞生。这就是皮皮露达·维多利亚·鲁尔加迪娅·克鲁斯蒙达·埃弗拉伊姆·长袜子。起这个名字的人是林格伦的女儿卡琳。1941年女作家七岁的女儿卡琳因肺炎住在医院,她守在床边。女儿每天晚上请妈妈讲故事。有一天她实在不知道讲什么好了,就问女儿:"我讲什么呢?"女儿顺口回答:"讲长袜子皮皮。"是女儿在这一瞬间想出了这个名字。她没有追问女儿谁是长袜子皮皮,而是按着这个奇怪的名字讲了一个奇怪的小姑娘的故事。最初是给自己的女儿讲,后来邻居的小孩也来听。1944年卡琳十岁了,林格伦把这个故事写出来作为赠给女儿的生日礼物。后来她把稿子寄给伯尼尔出版公司,但是被退了回来。此举构成了这家最大的瑞典出版公司最大的失误。1945年作者对故事做了一些修改,以它参加拉本和舍格伦出版公司举办的儿童书籍比赛,获得一等奖。《长袜子皮皮》一出版立即获得成功,此事绝非偶然。当时关于瑞典儿童的教育问题的辩论正进行得如火如荼——以昔日的权威性教育为一方,以现代自由教育思想为另一方。早在20世纪30年代,人们就开始对童年教育感兴趣,并有新的儿童教育信号出现。很多人提出,对儿童进行严厉、无条件服从的教育会使儿童产生压抑和自卑感。人们揭露和批判当局推行的类似德国纳粹主义和意大利法西斯主义的绝对

权威和盲从的教育思想。

《长袜子皮皮》这部作品讲一位小姑娘,她一个人住在一栋小房子里,生活完全自理,富得像一位财神,壮得像一匹马。她所做的一切几乎都违背成年人的意志,不去学校上学,满嘴的瞎话,与警察开玩笑,戏弄流浪汉。她花钱买一大堆糖果,分发给所有的孩子。她的爸爸有点儿不可思议,是南海一个岛上的国王。这位小姑娘自然成了孩子们的新偶像。关于皮皮的书共有三本,多次再版,成为瑞典有史以来儿童书籍中最大的畅销书。目前该书已出版90多种版本,总发行量达到1.3亿册。对全世界的儿童来说,皮皮是一个令人喜爱、近乎神秘主义的形象,可与福尔摩斯、唐老鸭、米老鼠、小红帽和白雪公主相媲美。

在2004年5月26日阿斯特丽德·林格伦儿童文学奖第二次颁奖大会上,瑞典首相约兰·佩尔松在致辞时这样评论《长袜子皮皮》这部作品:"长袜子皮皮之书的出版带有革命性的意义。林格伦用长袜子皮皮这个人物形象在某种程度上把儿童和儿童文学从传统、迷信权威和道德主义中解放出来,在皮皮身上很少有这类东西。皮皮变成了自由人类的象征。"

在儿童文学领域里,林格伦创造了两种风格:通俗和想象,两种风格以不同的方式体现她的创作特征。通俗的故事有时候接近琐碎,有时候带有喜剧色彩。比如以女作家自己的成长环境和自己的兄弟姐妹为原型的《吵闹村的孩子》《吵架人大街》和《疯丫头马迪根》。富于想象的作品是以《尼尔斯·卡尔松—小精灵》为开端。主人公是个小精灵,住在地板底下,后来成了一位孤单的小男孩的好伙伴,使阴郁、沉重的生活变成多彩的梦幻之国。《南草地》中的故事采用民间故事的创作手法,把昔日人间的残酷、疾病和忧伤变成了想象中的美

梦、善良和温暖。

但是用富于想象的手法创作的作品应首推三部伟大的小说:《米欧,我的米欧》(1954)、《狮心兄弟》(1973)和《绿林女儿罗妮娅》(1981)。第一部作品表面上非常通俗,主人公布·维尔赫尔姆·奥尔松是一位被领养的小男孩。他坐在长凳上,想着自己极不温暖的家庭生活。突然他的梦变成了现实,他搬到了童话世界——玫瑰之国,他的父亲是那里的国王,他变成了米欧王子。他用一把带魔法的宝剑把他父亲的臣民从残暴的骑士卡托的统治下解救出来。作品有着民间故事的所有特征。《狮心兄弟》也描写善与恶的矛盾。主人公是一位胆小的小男孩斯科尔班,但是在危险时刻他克服了自己的恐惧,勇敢地与邪恶进行斗争,并取得了胜利。斯科尔班身体虚弱、胆小怕事,这一点与他和哥哥一起把南极亚拉从暴君滕格尔、恶魔卡特拉手里解放出来的壮举形成鲜明对比。作品中有这样的情节:兄弟俩从悬崖上跳下去,以便从南极亚拉到另一个国家南极里马。他们去了另外一个世界以后变得强壮、勇敢和健康。一部分人把这一描写解释成儿童自杀,但多数人把这段解释成一种故事情节的升华,由一个想象的世界到另一个想象的世界。我还听到有第三种解释,即瑞典是一个福利社会,人们没有物质生活方面的困难,老人和孩子都很怕死。老人可以用基督教的来世梦想和进入天国之类的事求得安慰。孩子们怎么办?他们经常给报社或电视台写信、打电话,问"人为什么要死?"专家们用科学的方法给孩子们讲解生与死的辩证关系、新陈代谢等,说明死并不都是坏事。作家通过自己富于想象的作品不是也可以起到相同的作用,甚至效果更好吗?《绿林女儿罗妮娅》比上边提到的两部作品有更多的现实主义成分,书中所描写的问题有更多的可能性。女孩罗妮娅和男孩毕尔克分属两个世代为仇的绿林家庭。两个人对自己家庭传统进行造反,一种真挚的友谊在他们之间迅速建立,他们拒绝再过到处抢劫的绿林生活。人们称这部作品为瑞典式的《罗密欧与朱丽叶》。两个孩子在山洞里过着与世隔绝的生活,这也有点儿像《鲁滨孙漂流记》。但作品有着林格伦自己的特征:紧张的情节、通俗的现实主义和幽默风趣。罗妮娅和毕尔克生活在充满可怕和喜剧性生灵的世界里,如人面野鹰和小人熊等。他们的父亲都是魁梧、健壮、心地善良的绿林首领,但他们不知道除了劫富济贫的绿林生活外,还有其他什么选择。

林格伦的另一部分作品介于通俗与想象两种风格之间。《淘气包埃米尔》(1963)中很多故事相当粗犷和非理性,有着伟大的喜剧风格,但一切都植根于世纪之交的斯莫兰的日常生活。一部分内容有点儿像古代的英雄萨迦,如埃米尔在风雪中把病入膏肓的阿尔弗雷德送到医院,以及请穷苦的人们吃圣诞饭。

当《小飞人卡尔松》(1955)中的卡尔松飞进小弟的中产阶级家庭生活时,起初人们都把他看作是孤单儿童的虚幻中的伙伴。但卡尔松是一个极富有个性的小家伙,有着人类的各种特征——他爱说大话、自私自利、不诚实和爱翻别人的东西,还不停地给小弟制造麻烦。但是小弟和其他读过这本书的孩子都喜欢他——"不胖不瘦、风华正茂"。如果人们偶尔还把他当作虚幻的人物的话,那么在小弟把他介绍给其他家庭成员时,这种感觉马上消失了,他成了一个实实在在的人。

林格伦的作品还包括侦探小说,如《大侦探小卡莱》(1946),专门描写女孩子的作品,如《布丽特-马利亚心情舒畅了》(1944)、《夏士婷和我》(1945)。作品幽默、大方,很少有道德说教。

林格伦1907年出生在瑞典斯莫兰省一个农民家里。20世纪20年代到斯德哥尔摩求学,毕业后做过一两年秘书工作。她有30多部作品,获得过各种荣誉和奖励。1950年获瑞典图书馆协会颁发的

"尼尔斯·豪尔耶松金匾";1957年获瑞典"高级文学标准作家"国家奖;1958年获"安徒生金质奖章";1970年获瑞典《快报》"儿童文学和促进文学事业金船奖";1971年获瑞典文学院"金质大奖章"。此外,她还获得过1959年《纽约先驱论坛报》春季奖和1957年德国青年书籍比赛的特别奖。她在1946年—1970年将近1/4世纪里担任拉本和舍格伦出版公司儿童部主编,对创造这个时期的瑞典儿童文学的黄金时代做出了很大贡献。

2002年,林格伦女士以94岁高龄辞世,瑞典为她举行了国葬,人们称她为民族英雄。在我送的花圈上写着:"你的中文译者向你致最后的敬意!"她走了,却给世界留下了宝贵的文学遗产。她的作品被译成多国文字,发行量达到1.3亿册。把她的书摞起来有175个埃菲尔铁塔那么高,把它们排成行可以绕地球三圈。

瑞典文学院院士阿托尔·隆德克维斯特在1971年瑞典文学院授予她"金质大奖章"的授奖仪式上说:

> 尊敬的夫人,在目前从事文艺活动的瑞典人中,大概除了英玛尔·伯格曼之外,没有一个人像您那样蜚声世界。
>
> 您在这个世界上选择了自己的世界,这个世界是属于儿童的,他们是我们当中的天外来客,而您似乎有着特殊的能力和令人惊异的方法认识他们和了解他们。瑞典文学院表彰您在一个困难的文学领域里所做的贡献,您赋予这个领域一种新的艺术风格,即充分的心理描写、幽默和叙事情趣。

目录

第一节 / 3

第二节 / 16

第三节 / 29

第四节 / 42

第五节 / 55

第六节 / 71

第七节 / 82

第八节 / 93

目录

第九节 / 105

第十节 / 120

第十一节 / 131

第十二节 / 139

第十三节 / 152

第十四节 / 162

第十五节 / 175

目录

第十六节 / 185

第十七节 / 195

第十八节 / 208

译者后记 / 217

绿林女儿罗妮娅

绿林女儿罗妮娅
Lulinnüer Luoniya

第一节

在罗妮娅出世的那天夜里,闪电划破长空,惊雷在群山之上翻滚。啊,在那个雷鸣电闪的夜里,马堤斯森林里的妖魔鬼怪都吓得爬进洞穴躲藏,唯有令人讨厌的人面鹰身女妖特别喜欢这种天气。她们围绕着马堤斯绿林结伙者的城堡一边飞舞,一边欢叫。她们的叫声打扰着躺在城堡里正在分娩的洛维丝。她对马堤斯说:

"快点儿把那些讨厌的女妖赶跑,好让这里静一静,不然我连自己唱什么都听不见了!"

事情是这样的,洛维丝分娩时一定要唱歌。她认为唱着歌分娩可以减轻疼痛,孩子在歌声中出世,性格也会活泼可爱一些。

马堤斯拿起弩,从城堡射击孔连射几箭。

"滚开,人面鹰身女妖!"他喊着,"今天夜里我家要生孩子,你们懂吗?女妖!"

"哈哈,今天夜里他家要生孩子。"女妖叫着,"一个雷鸣电闪之夜生的孩子,肯定长得又小又丑,哈哈!"

这时候马堤斯又朝女妖群里射了几支箭。女妖只是对着他嘲笑,但是后来带着愤怒的叫声从树冠上方飞走了。

在洛维丝躺着边唱歌边分娩和马堤斯费尽九牛二虎之力驱赶女妖的时候,马堤斯那些绿林弟兄都坐在下边石头大厅的火炉旁边吃呀喝呀,吵得跟女妖一样。这也不奇怪,他们总得有点儿事情做。十二个人在那里等呀,等呀,心急如焚。因为他们结伙以来,马堤斯山从未有孩子出世过。

心情最迫切的是秃子斯卡洛·帕尔。

"这个绿林孩子还不快生下来,"他说,"我已经老了,很快就要结束绿林生活。如果在我死之前能看到一个新的绿林首领,那就太好了。"

在他还没有说完的时候,门开了,马堤斯兴冲冲地走进来。他围着大厅连蹦带跳地转了一大圈,像疯子一样地喊叫着:

"我已经有了一个孩子!我说的话你们听见了吗?我已经有了一个孩子!"

"是男孩还是女孩?"站在远处角落里的斯卡洛·帕尔问。

"一个绿林女儿,真叫人高兴。"马堤斯喊叫着,"一个绿林女儿,看,她来了!"

洛维丝怀里抱着孩子跨进那个高门槛，这时候人群里鸦雀无声。

"我敢保证你们谁也没有预料到。"马堤斯说。他从洛维丝手里接过孩子，在人群里转来转去。

"她在这里！你们什么时候看到过在绿林山寨里生出这样漂亮的孩子！"

女儿躺在他的手臂上，睁开眼睛看着他。

"这个小家伙现在就懂事了，我看得出来。"马堤斯说。

"她叫什么名字？"秃子斯卡洛·帕尔问。

"罗妮娅，"洛维丝说，"我早就把名字取好了。"

"不过如果是个男孩子该怎么样？"秃子斯卡洛·帕尔问。

洛维丝平静而又严厉地看着他：

"如果我做出了决定，那我就一定生个罗妮娅！"

然后她转向马堤斯：

"让我来抱一抱好吗？"

但是马堤斯舍不得把女儿交给她。他站在那里用深情的目光看着女儿明亮的眼睛、小小的嘴巴、乌黑的头发和两只娇嫩的小手,他浑身充满了对女儿的疼爱之情。

"我的孩子,你的小手已经抓住我的心了。"他说,"我也说不明白到底是怎么一回事,反正就是这样。"

"我能抱一抱她吗?"斯卡洛·帕尔恳求说。马堤斯把罗

妮娅像一枚金蛋一样放在他的手里。

"这就是你盼了很久的绿林新首领。不过别把她摔了,要是真的摔了,你就别想活了。"

斯卡洛·帕尔没有说什么,只是咧着掉光牙齿的大嘴巴对着罗妮娅笑。

"她好像没多重似的。"他一边惊奇地说,一边把罗妮娅

上下掂了几次。

这时候马堤斯生气了,他夺过孩子。

"你以为她有多重?傻瓜!难道她是一个长着大肚子、满脸大胡子的绿林首领吗?"

绿林弟兄们一下子就明白了,如果要让马堤斯高兴,千万不能说这个孩子半个不是,惹他生气可不得了。因此他们又异口同声地赞美起这个新生的婴儿。他们多次为她干杯,马堤斯对此非常高兴。他坐在首领的椅子上,一次又一次地显摆自己的宝贝孩子。

"这回可要气死波尔卡了,"马堤斯说,"他坐在自己倒霉的强盗窝里会嫉妒得咬牙切齿。气死活该,气死活该,他会把牙齿咬得嘎巴嘎巴响。我想,他咬牙的声音会使波尔卡森林里所有的人面鹰身女妖和灰矮人都把耳朵捂起来!"

斯卡洛·帕尔满意地点着头,他带着一丝狡黠的微笑说:

"对,肯定要气死波尔卡。因为马堤斯家族可以传宗接代了,而波尔卡家族肯定要断子绝孙了。"

"说得对。"马堤斯说,"断子绝孙,肯定是这样!因为据我所知,波尔卡还没有孩子,以后也不会有。"

这时候外边响起了一声惊雷,在马堤斯森林里,人们从没听到过这样响的惊雷。甚至绿林弟兄们都吓得脸色苍白,年老体弱的斯卡洛·帕尔被震倒在地上。突然罗妮娅轻声地哭了起来,这哭声比惊雷对马堤斯的震动还大。

"我的孩子哭起来了,"他喊叫着,"这可怎么办?这可怎么办?"

但是洛维丝平静地站在那里。她接过罗妮娅,把她放到怀里喂奶,她立即不哭了。

"这雷声可真大,"斯卡洛·帕尔镇静下来以后说,"真见鬼,我敢保证雷把什么东西击坏了。"

他说得对,惊雷确实击坏了东西。天一亮人们就看到马堤斯山顶上古老

的马堤斯城堡被雷从中间劈开,从最高的墙顶一直裂到地下室的屋顶,城堡已经一分为二,中间有一道很深的沟。

"罗妮娅,你出世的时刻真不寻常。"洛维丝说。她手里抱着孩子站在裂开的墙顶旁边,看着那不幸的场面。马堤斯像一头野兽一样吼叫着。他的祖先留给他的古老城堡怎么会出现这种不幸呢?不过马堤斯不会为一件事发怒,他找别的事情安慰自己。

"算了,我们用不着为那么多迷宫、地下室和其他破烂东西操心了。现在大概谁也不会在马堤斯城堡迷路了。你们还记得吗?斯卡洛·帕尔有一次在里面迷了路,转了四天也没走回来!"

斯卡洛·帕尔最忌讳这件事。他居然也会在里面迷路。他原来只是想看一看马堤斯城堡到底有多大,像前边说过的那样,他发现城堡大得可以使人迷路。可怜的斯卡洛·帕尔最后走回石头大厅时已经累得半死了。多亏绿林弟兄不停地喊叫他的名字,他才从很远的地方循声返回,不然,他永远也走不回来了。

"我们从来没有使用过整个城堡,"马堤斯说,"我们一直只住在大厅、厢房和塔楼里。唯一让我生气的是我们没有厕所了。啊,真不凑巧,厕所在城堡的另一半,在我们没建成新厕所之前,有人憋不住就麻烦了。"

不过厕所很快就建好了，马堤斯城堡里的生活恢复了正常，所不同的是那里多了个孩子。洛维丝发现这个小孩子逐渐使马堤斯和他的绿林弟兄或多或少变得小心翼翼。不是说他们不应该轻手轻脚一点儿，但是他们做得太过分了。一位绿林首领和他的十二位绿林弟兄傻乎乎地坐在那里欢呼一个小孩子学会在大厅里爬来爬去，就像欢呼地球上从未有过的奇迹一样，这一点肯定是过分的。不错，罗妮娅爬得特别快，因为她爬的时候，能用左脚蹬地，他们认为这一点确实不寻常。但是洛维丝说，不管怎么样，绝大多数孩子都能学会爬。没有人因此给他们热烈欢呼，他们的父亲也没有因此忘记其他的一切，甚至连工作都不做了。

"你们是不是想让波尔卡把通过马堤斯森林的一切东西都据为己有？"洛维丝刻薄地说，因为马堤斯和他的绿林弟兄在洛维丝晚上哄罗妮娅在摇篮里睡觉前，总是一窝蜂地围过来看她吃粥。

但是马堤斯好像没听见一样。

"罗妮娅，我的小鸽子！"他叫着，只要马堤斯跨进门槛，罗妮娅就用自己的左脚很快地从地板上朝他爬过去。然后他把自己的小鸽子放在膝盖上喂她粥吃，他的十二个绿林弟兄围着看。粥碗放在稍远一点儿的炉台上，马堤斯粗大的手有些笨拙，很多稀粥洒在地板上。此外，罗妮娅还不时地推勺子，有

一些粥溅到马堤斯的眼皮上。绿林弟兄第一次哄堂大笑时，罗妮娅不知道是怎么回事，她吓得哭了起来。但是她很快就明白自己找到了好玩的方法，她就故技重演。绿林弟兄开心地笑着，而马堤斯却有些不悦。不过一般来说，马堤斯总认为罗妮娅的一举一动都是不寻常的，她本人也是举世无双的。

当洛维丝看到马堤斯让女儿坐在膝盖上，自己眼睛上沾满粥的时候，也不禁笑了起来。

"我亲爱的马堤斯，谁能相信你就是深山密林中不可一世的首领呢！如果波尔卡看到你，他会笑得尿裤子。"

"我会教训他，让他把尿裤子的毛病很快改过来。"马堤斯若无其事地说。

波尔卡是他们的头号敌人。波尔卡的父亲和祖父过去是马堤斯的父亲和祖父的仇敌，很早很早以前，波尔卡家族和马堤斯家族就结下了冤仇。他们一直是抢劫财物的绿林强盗，有钱人赶着车马、带着财物通过他们盘踞的密林时都非常害怕。

"上帝保佑我们顺利通过强盗走廊。"人们经常这样说。他们说的强盗走廊就是指波尔卡森林和马堤斯森林之间的狭隘通道。那里总是有拦路抢劫的人，不是波尔卡的人就是马堤斯的人，对被抢的人来说他们都是强盗，没什么区别。但是对马堤斯和波尔卡来说区别就大了。他们为了分赃打得你死我活，通过强盗走廊的财物不多的时候，他们有时还彼此抢夺。

对于这些事，罗妮娅一无所知，她还太小。她不知道她的爸爸是一个可怕的绿林首领。对她来说，他只是那个长满胡子的可爱的马堤斯，他笑呀，唱呀，叫呀，还喂她粥吃，她非常喜欢他。

但是她一天一天地长大了，逐渐开始研究周围的世界。有很长时间她以为那座石头大厅就是整个世界。她在那里生活得很舒适，她坐在那张大桌子底下玩马堤斯给她带回来的松球和石子。而石头大厅对一个孩子来说也不是一个坏地方，那里有很多好玩的东西，也可以学到很多知识。罗妮娅特别喜欢听绿林弟兄晚上在火炉跟前唱歌。她坐在桌子底下静静地听着，直到她学会了所有的歌。然后她用清脆的声音跟着一起唱，马堤斯对自己举世无双的女儿唱得那样动听感到很吃惊。她也学习舞蹈。因为当绿林弟兄高兴的时候，他们也像疯子一样围绕着大厅跳舞，而罗妮娅很快就学会了怎么跳。她跳呀，蹦呀，为了让马堤斯高兴，她还学会了绿林鱼跃舞。当绿林弟兄随后坐在长桌边上喝一杯啤酒解热的时候，马堤斯开始夸奖起自己的女儿。

"她像小天使一样美，你们说对吧？柔软的身体，明亮的眼睛，乌黑的头发。你们从来没有看到过这样漂亮的小孩，你们说对吧？"

绿林弟兄们点头赞同，但是罗妮娅一声不响地坐在桌子底

下玩自己的松球和石子。当她看见绿林弟兄毛茸茸的大脚时,她把他们的脚当作不听话的山羊玩。洛维丝到羊圈去挤奶时经常带着她,她看他们的脚很像那里的山羊。

但是更多的事情年纪小小的罗妮娅还没有看到,马堤斯城堡以外的事情她一无所知。有一天马堤斯想起一件事无论如何要办了,虽然他很不愿意。

"洛维丝,"他对妻子说,"我们的孩子一定要学会怎样在马堤斯森林里生活。把她放出去吧!"

"真的?你总算明白了,"洛维丝说,"按我的想法早就应该这样做了。"

从此罗妮娅就可以自由活动了。不过马堤斯要让她知道几件必须注意的事情。

"你要对人面鹰身女妖、灰矮人,还有波尔卡强盗特别小心。"他说。

"我怎么能知道

谁是女妖、灰矮人和波尔卡强盗呢?"罗妮娅问。

"你会分辨出来的。"马堤斯说。

"那好吧。"罗妮娅说。

"你还要注意别在森林里迷路。"马堤斯说。

"如果我在森林里迷了路怎么办?"罗妮娅问。

"寻找正路。"马堤斯说。

"那好吧。"罗妮娅说。

"你还要注意别掉到河里。"马堤斯说。

"如果我掉到河里怎么办呢?"罗妮娅问。

"游泳。"马堤斯说。

"那好吧。"罗妮娅说。

"你还要注意别掉进地狱缝。"马堤斯说。

他说的地狱缝是指把马堤斯城堡分开的大裂缝。

"如果我掉进地狱缝怎么办呢?"罗妮娅问。

"那你就别想活了。"马堤斯说,然后大吼一声,好像突然间一切痛苦都进入了他的胸膛一样。

"那好吧。"马堤斯大吼一声以后,罗妮娅说,"我绝不会掉进地狱缝的,还有别的吗?"

"有还是有的,"马堤斯说,"你慢慢地都会看到。你走吧!"

第二节

罗妮娅走了。她很快就明白了她过去是多么无知,她怎么能相信石头大厅就是整个世界呢?宏大的马堤斯城堡也不是整个世界,巍峨的马堤斯山也不是整个世界,绝对不是,整个世界还要大得多。整个世界大得无法想象。当然她听马堤斯和洛维丝讲过马堤斯城堡以外的事情,他们讲过河流。但是只有当她亲眼看见马堤斯山下汹涌奔腾的河水时,她才明白河流是什么。森林他们也讲过。但是只有当她亲眼看见飒飒作响、昏暗奇妙的森林时,她才明白森林是什么。她默然一笑,因为世界上还有河流和森林。她几乎不敢相信,啊,那里的树有多大、河有多宽,它们那样生机勃勃。她怎么能不高兴得笑起来呢!

她沿着小路一直向原始森林走去,她来到森林湖泊旁边。马堤斯说过她不要走得太远。茂密的云杉中间有一个湖泊,湖水乌黑乌黑的,只有浮在水面的睡莲闪着白光。罗妮娅不知道那花是睡莲,但是她长时间地看着那些花,对那里长的花默默

微笑。

她在湖边待了整整一天,做了很多过去从没尝试过的事情。她把松球扔到水里,当她发现只要用脚拍打湖水就能使这些松球上下跳动震荡的时候,她笑起来了。她从来没有玩过这样有趣的游戏。当她用脚拍打湖水的时候,她觉得自己的脚又舒服又自由。当她爬石头、爬树的时候,觉得自己的脚更舒服。湖泊周围有很多长着苔藓的大石头和云杉可以爬。罗妮娅爬呀爬呀,一直爬到太阳在林海后边落下。这时候她吃面包、喝皮囊里的牛奶,然后躺在苔藓上休息,树在她的上空瑟瑟絮语。她躺在那里看着那些树,对着它们默然微笑,然后就睡着了。

她醒来的时候,已经是漆黑的夜晚,她看着树冠上空闪闪的群星。这时候她明白了,世界比她想象的要大得多。星星看得见,但是够不着,无论怎样都够不着,这件事使她很伤心。

她在森林里待的时间比她预想的长得多。她一定得回家了,不然马堤斯要生气了,这她是知道的。

只有倒映在湖水里的星星是明亮的,其他的一切都是黑乎乎的。不过罗妮娅已经习惯黑暗了。黑暗吓不倒她。冬夜的马堤斯城堡,在炉火熄灭以后,是多么漆黑呀,比所有的森林都漆黑,但是她不害怕。

正当她准备回家的时候,她想起了自己的皮囊。皮囊就放

在她坐着吃饭的石头上，在黑暗中她爬上去取。她突然想到在那块大石头上她离星星就近了一些，她伸出手试试能不能采几颗星星装在皮囊带回家去。但是采不到，她只好拿起皮囊准备爬下来。

这时候她看到有什么东西吓唬她，树木之间到处是闪亮的眼睛。啊，那块石头周围有一连串的眼睛盯着她，她一开始却没发现。过去她从来没有看见过眼睛能在黑暗中发光，她很讨厌那些眼睛。

"你们想干什么？"她喊道。但是没有人答话。相反，眼睛离她越来越近。那些眼睛继续一点儿一点儿地靠近她，她听到一种絮叨的声音，就像老年人不高兴时说话的声音一样。

"全体灰矮人，这里有人，过来咬她，过来打她！全体灰矮人，过来咬她，过来打她！"

转眼间他们都站在石头跟前了，这群她从来没有看见过的灰色妖怪想要伤害她。她没有看他们，但是她感觉到他们在那里，她浑身直起鸡皮疙瘩。这时候她才明白马堤斯说的灰矮人有多么可怕，但是已

林格伦作品选集
LINGELUN ZUOPINXUANJI

绿林女儿罗妮娅　　*Lulinnüer Luoniya*

经晚了。

　　这时他们开始用棍、棒或其他东西敲打石头。令人讨厌的叮叮当当声打破了夜空的寂静,罗妮娅吓得喊叫起来,她担心自己活不成了。

　　当她喊叫的时候,灰矮人就停止敲打石头。这时她听到了更可怕的声音。他们开始往那块石头上爬,在黑暗中他们从四面八方围过来。她听到他们的脚爬石头的声音和絮叨声:"全体灰矮人,过来咬她,过来打她!"

　　这时罗妮娅吓得叫喊声更大了,并且用手中的皮囊朝四周猛打。她知道,他们很快就会爬到她身上,把她咬死。她在森林里的第一天就成了她的最后一天。

　　但是正在这时候,她听到一声吼叫,这叫声如此愤怒,只有马堤斯才能发出。对,正是她的父亲马堤斯来了,还有他的绿林弟兄,他们的火把照亮了树林,马堤斯的吼叫声在树林中

回响。

"滚开,灰矮人!免得我费手脚把你们打死,赶快滚开!"

这时候罗妮娅听到,那些矮小的躯体从石头上咚咚地跳下去,在火光中,她看到那些灰矮人躲进黑暗中逃跑了。

罗妮娅坐在皮囊上,顺着陡峭的石头滑下去,正好落在马堤斯身边,他把罗妮娅抱在怀里。她扎在他的黑胡子里伤心地哭着,然后马堤斯把她抱回城堡。

"你现在该知道什么是灰矮人了。"当他坐在火炉前烘着罗妮娅冰冷的双脚时说。

"对,我现在知道什么是灰矮人了。"罗妮娅说。

"但是你不知道怎么对付他们。"马堤斯说,"如果你害怕,他们就会显得更厉害,从老远的地方他们就能感觉到。"

"是这样,"洛维丝说,"世界上几乎什么事情都是这样。因此最好的办法是在马堤斯森林里不要害怕。"

"我一定记住。"罗妮娅说。这时候马堤斯叹了一口气,紧紧地抱着罗妮娅。

"但是你记得我要你加倍小心的事情吗?"

她当然记得。后来她专心致志地锻炼自己的胆量,防止可怕的事情发生。马堤斯说不要掉到河里,她就到最危险的河边去练习,在光滑的石头上拼命地跑来跑去。在森林里练不出避免掉进河里的本领,只有在涛声不绝的河边才行。为了去激流

岸边,她必须去爬屹立在河边的马堤斯山,这样可以锻炼自己的胆量。第一次很困难,她吓得把眼睛闭上。但是她的胆子逐渐大起来,她很快就知道了她的脚要踩的台阶在哪里,她的脚趾应该抓住什么地方,以免头朝后掉进激流里。

她想自己真走运,能来到这样一个好地方,既可以避免掉进激流,又可以锻炼胆量。

她的日子就是这样度过的。罗妮娅比马堤斯和洛维丝想象的还要小心谨慎,她锻炼时比他们想象的还要刻苦,最后她变得像一只矫健的小动物,敏捷、强壮和无所畏惧。不怕灰矮人,不怕人面鹰身女妖,不怕在森林里迷路,也不怕掉进大河里。她还没学会怎样才能不掉进地狱缝,不过她很快就能学会,她已经想过了。

马堤斯城堡她已经了如指掌。她能找到所有的阴森的大厅,除了她以外,那些地方还没有任何人到过。她走在地下迷宫、漆黑的洞穴和地下室里也不会迷路。城堡的秘密通道和森林里的羊肠小路她都熟悉。不过她更愿意待在森林里,白天她总是在那里跑来跑去。

但是当太阳下山,夜幕降临,石头大厅里火炉生起的时候,她就回家了,经过一天的锻炼她很疲倦。这时候马堤斯和他的绿林弟兄也回来了,罗妮娅和他们一起坐在火炉前,唱绿林歌曲,但是关于他们的抢劫生活她却不知道。她看到他们晚

上骑着马回来，马背上驮着东西，口袋里、皮袋子里、箱子和柜子里都装满各种各样的东西。但是没有人告诉她，这些东西是从哪里来的，她也没有想过，就像她没有想过雨是从什么地方来的一样。反正世界上有各式各样的东西，这些她都看到了。

有时候她听到人们谈论到波尔卡强盗，这时候她想起他们也是她防备的对象。但是她从来没见过他们。

"如果波尔卡不是一个坏蛋，我就有些同情他了，"有一天晚上马堤斯说，"官兵正在波尔卡森林中追捕他，他没有一刻的安宁。他们很快就会把他赶出老窝。啊，他是个坏蛋，没什么值得同情的，不过总有些可怜！"

"波尔卡强盗是一伙坏蛋。"斯卡洛·帕尔说，大家都附和他的话。

罗妮娅想，真运气，马堤斯绿林弟兄的处境好得多，她看着他们坐在长桌子旁边喝汤。他们满脸胡子，浑身污秽，吵架拌嘴，举止粗野。但是她没有听见有人叫他们坏蛋。斯卡洛·帕尔、谢格、帕尔叶、福尤索克、尤迪斯、尤恩、拉巴斯、克努塔斯、杜列、修莫、斯杜卡斯和里尔·克里奔，他们都是她的好朋友，她知道他们为她可以赴汤蹈火。

"谢天谢地，我们在马堤斯城堡。"马堤斯说，"这里非常安全，就像狐狸藏在窝里，老雕站在峭壁上。如果几个不知

趣的官兵胆敢来找麻烦,就让他们见鬼去,他们肯定知道这个下场!"

"屁滚尿流地见鬼去。"斯卡洛·帕尔满意地说。所有的绿林弟兄都附和着说。他们一想到那些要闯进马堤斯城堡的人会有多蠢时,便都笑了起来。马堤斯城堡位于一个峭壁上,四面都不能接近。只有南面沿山有一条曲折的小道通往山下的森林里。但是马堤斯山三面都是悬崖峭壁,哪个笨蛋愿意到这里爬山呢?绿林弟兄想到这一点咯咯地笑了起来。因为他们还不知道,罗妮娅经常在那里爬山锻炼自己的胆量。

"如果他们爬那条小道,也会在野狼关被阻拦。"马堤斯说,"我们在那里用滚木礌石打他们,其他的苦头他们也会尝到!"

"其他的苦头他们也会尝到。"斯卡洛·帕

尔说。当他想到官兵会怎样被阻拦在野狼关的时候,他微笑了。"我这辈子打死了那么多狼,"他补充说,"但是我现在老了,除了我身上的跳蚤以外,别的什么也打不死了,哈哈哈!"

罗妮娅知道,斯卡洛·帕尔老得不像样了,但是她不知道,官兵和坏蛋为什么要来野狼关打架呢?另外她也困了,再也顾不得想这些事了。她爬到自己的床上,躺下听洛维丝唱摇篮曲《狼之歌》,每天晚上当绿林弟兄离开火炉找自己的同伴去睡觉时,洛维丝都唱这支歌。只有罗妮娅、马堤斯和洛维丝睡在石头大厅里。洛维丝唱摇篮曲的时候,罗妮娅喜欢躺在床上透过床罩看炉火跳荡,直至熄灭。从罗妮娅记事起,她的母亲一直唱《狼之歌》这首摇篮曲。她知道一听到这支歌就该睡觉了,但是在她闭上眼之前,她高兴地想:

"明天天一亮我就起床!"

东方刚一发白她就爬起来了。不管天气怎么样,她都要到森林里去。洛维丝给她在食品袋里装进面包,在皮囊里装上牛奶。

"你是雷鸣电闪之夜生的孩子,"洛维丝说,"也是女妖乱舞之夜生的孩子,我知道这样的孩子容易变野。不过你要特别小心,不要让人面鹰身女妖把你抓走!"

罗妮娅不止一次看到人面鹰身女妖从森林上空盘旋而来,

她迅速地躲藏起来。在马堤斯森林中，这种女妖是最可怕的怪物，马堤斯说过，如果你想活的话，你就要对她们特别小心。正是因为这个原因，马堤斯才长期不让罗妮娅离开城堡。女妖长得很漂亮，但是猖狂、凶残。她们睁大狠毒的眼睛在森林的上空寻找人，然后用尖爪把人抓得鲜血淋漓。

但是任何女妖都能把罗妮娅从她走的小路上和她单独待着的地方吓跑。啊，她确实是一个人孤零零地生活在森林里，但是她谁也不想念。她想念谁呢？她的生活充满了幸福和快乐，只是时间过得太快。夏天过去了，转眼间已经到了秋天。

夏秋之际是女妖最猖狂的时期，有一天她们在森林里追赶罗妮娅，她感到确实很危险。她飞快地逃跑，快得就像一只狐狸。此外她已熟悉森林里的隐蔽处，但是女妖紧追不舍，她听

到她们高声喊叫：

"哈哈，美丽的小人儿，现在该把你抓得鲜血淋漓了，哈哈！"

这时候她潜到湖里，从水下游到对岸去。在对岸她露出水面，躲到一棵枝叶茂密的云杉底下。她听到女妖在寻找她时生气地叫：

"小人儿在哪儿？她在哪儿？她在哪儿？你出来我们就把你撕烂，把你抓得流鲜血，让你的鲜血往外流。哈哈！"

罗妮娅藏在那儿一动也不动，一直等到她们从树冠上消失才出来。这时候她不想继续在森林里玩了，但是离天黑和听洛维丝唱《狼之歌》还有好几个小时，因此她想起了应该去做她考虑了很久的一件事。她应该去屋顶上，锻炼自己怎样才能避免掉进地狱缝里。

她多次听别人讲，在她出世的那天夜里，马堤斯城堡被雷劈成了两半。马堤斯不厌其烦地讲这件事：

"我的天啊，声音大极了！你可能听到了。对，你肯定听到了，你还是一个刚刚生下来的小可怜虫。'轰隆'一声，我们的城堡由一个变成了两个，中间裂开了一条大缝。不要忘记我说的话，千万不要掉进地狱缝里！"

她现在就去练习。人面鹰身女妖飞到森林里去以后，她正好去做这件事。

她多次去过屋顶，但是从没走近那个张着大嘴、没有任何墙挡住的可怕的大缝。这时候她趴在地上朝缝的下边看，啊，比她想象的还要可怕。

　　她从身边捡起一块松动的石头扔下去，当她听到缝底下咚地响了一声时，她吓了一跳。声音那么大，离上边那么远，啊，确实要分外小心。但是把城堡两部分隔开的那条缝并不宽，使劲一跳就可以过去。不过除了疯子，谁肯这样做呢？不会有人。用通常的方法锻炼锻炼自己的胆量不就可以了吗？她再一次朝下看了看，啊，真是太深了！然后她又朝上看了看，看从什么地方跳更好。这时她看见一个东西，她惊奇得差点儿掉下去。

　　在地狱缝对面不远的地方坐着一个人，大小与她差不多，把腿伸到地狱缝里。

　　罗妮娅知道她并不是世界上唯一的孩子。但在马堤斯城堡和马堤斯森林里就只有她一个人。不过洛维丝说过，在其他地方有很多小孩子，他们分为两种，一种长大了成为马堤斯那样的男人，另一种长大了成为洛维丝那样的女人。罗妮娅会变成洛维丝那样的女人。但是她感觉到，坐在那边把腿伸进地狱缝里的孩子会变成马堤斯那样的男人。

　　他还没有发现她。罗妮娅看着他坐在那里。她为有他在那里默然地微笑着。

第三节

他看见她了,这时候他也笑了。

"我知道你是谁。"他说,"你是那个在森林里跑来跑去的绿林女儿,我在那儿看见过你一次。"

"你是谁?"罗妮娅说,"你怎么到这儿来了?"

"我是毕尔克·波尔卡松,我住在这儿。我们是夜里搬到这儿来的。"

罗妮娅用眼睛盯着他。

"你说的我们是指谁?"

"波尔卡、温迪斯、我和我们十二个绿林弟兄。"

过了半天她才明白他讲的这件可怕的事情,不过最后她说:

"你是说整个北城堡都住满了坏蛋吗?"

他笑了。

"不对,那里住的都是体面的波尔卡绿林弟兄。你的那边

林格伦作品选集
LINGELUN ZUOPINXUANJI

Lulinnüer Luoniya 30 绿林女儿罗妮娅

才住着一群坏蛋,我一直听别人这么说。"

天啊,他一直听别人这么说,真不知羞耻!她感到很难过。不过还有更难过的事在后头。

"另外,"毕尔克说,"那里已经不叫北城堡。从今天夜里起改名为波尔卡山寨!请你好好记住!"

罗妮娅气得说不出话来。波尔卡山寨!他们真的要把人气死!波尔卡强盗确实是帮大坏蛋!坐在那里笑的讨厌鬼就是其中的一个!

"别高兴得太早,"她说,"你等着瞧吧,马堤斯知道以后会把波尔卡强盗赶得屁滚尿流!"

"这只不过是你的痴心妄想。"毕尔克说。

然而罗妮娅一想到马堤斯就打战了,她看到过马堤斯发怒时是多么可怕。她知道马堤斯这一回又要发怒了,她想到这里时大声叹息起来。

"你怎么啦?"毕尔克说,"你不舒服吗?"

罗妮娅没有说话。她已经千真万确地听到了这个令人十分不快的消息,这回肯定要出事了。马堤斯的绿林弟兄很快就要回家了,那时就连波尔卡家这个最小的强盗都会被赶出马堤斯城堡,比他们住进城堡时还要快!

她站起来打算走。不过她想看看毕尔克要做什么。这个讨厌鬼真想跳过地狱缝吗?他正对着她站在另一边,看样子他准

备跳过来。罗妮娅喊了起来：

"你过来我就把你的猪鼻子打下来！"

"哈哈，"毕尔克笑了起来，然后一个箭步跳了过来，"你要是有胆量，你也来跳。"他带着一丝轻蔑的微笑说。

他怎么能这样说话？她实在受不了啦。他和他的坏蛋们在马堤斯城堡建立山寨已经够气人的了，怎么能眼看一个波尔卡强盗跳过地狱缝，而一个来自马堤斯城堡的人却甘拜下风？

她也跳过去了。开始她不知道怎么跳，但是突然飞越过地

狱缝,落到了另一边。

"你还不是很笨。"毕尔克说,很快又跳回去。但是罗妮娅没有等他,一个新的箭步她又跳回来。他站在那里,高兴地看着她。

"你不是要打我的猪鼻子吗?怎么不打了呢?"毕尔克说,"我现在就来让你打。"

"我看见了。"罗妮娅说。他跳过来,但是罗妮娅还是没等他,她又一次跳过去。她想,为了不让他到跟前来,她要不停地跳,直到喘不上气为止。

随后他俩谁也没有再说话,只是跳呀,跳呀。两个孩子像疯子一样在地狱缝上你来我往地跳个不停,除了喘气的声音以外,别的什么也听不见,只有站在墙上的乌鸦不时呱呱地叫一两声,除此之外就是令人厌烦的沉默。好像整个马堤斯山都屏住呼吸,等待着某种可怕的事情发生。

"我俩很快就会掉进地狱缝里,"罗妮娅想,"那时候谁也不会再跳了!"

这时候毕尔克又朝她这边跳过来,她又跳过去。到底跳了多少次,她已经记不清了,好像除了避开毕尔克这个讨厌鬼要来回跳地狱缝之外,就没有别的事情可干了。

这时候她看见毕尔克正好落在缝边一块松动的石头上,他摔倒了。她听见他叫了一声就消失在深渊中。

然后除了乌鸦的叫声以外，别的什么也听不见了。她闭上眼睛，多么希望没有这一天，没有毕尔克，没有他们跳来跳去的事。

最后她趴在地上，朝深渊下边看。这时候她看到了毕尔克。他站在从断裂的墙上伸出来的一块石头或是横梁之类的东西上。他的脚正好能踩在上边，不多也不少。他的下边就是可怕的地狱缝，他的手拼命抓住一个突出的石块，以免掉进深渊。他和罗妮娅都知道，没有人帮助他是爬不上来的。他不得不站在那里，直到精疲力竭为止，这一点他们都知道，以后世界上就再也没有毕尔克了。

"用手抓住。"罗妮娅说。

他带着一丝苦笑回答：

"好吧，这里反正没有什么其他事情可做！"

但是看得出来，他害怕了。

罗妮娅解开挂在腰带上的皮绳，她在森林爬树时多次用到这根皮绳。她在皮绳的一端系个大扣，把另一端拴在自己的腰上。然后她把皮绳放到毕尔克身边，她看到，当皮绳放下去的时候，毕尔克的眼睛闪出了兴奋的光芒。啊，她发现皮绳正好够长，这个讨厌鬼真运气！

"如果你能的话，把皮绳套在你身上。"她说，"我一喊，你就开始爬！我不喊你别爬！"

在她出世的那天夜里,惊雷掀掉了墙顶上的一块大石头,它正好落在离裂缝不远的地方。罗妮娅趴在石头后边,然后大声喊道:

"开始!"

很快她就感到腰上的皮绳拉紧了。真痛啊!当毕尔克爬的时候,皮绳每拉一下,她就要痛一次。

"过不了多久,我也会像马堤斯城堡一样被分成两半了。"她暗自想。她咬紧牙关不喊出声来。

突然不痛了,毕尔克站在那里看着她。她躺在那里,感到勉强还可以呼吸。这时候毕尔克说:

"啊,你躺在这里!"

"对,我躺在这里。"罗妮娅说,"你跳够了没有?"

"没有,还得跳一次,跳到对面去。你知道吗?我一定得回波尔卡山寨了!"

"先把我的皮绳从你身上解下来。"罗妮娅一边说,一边从地上站起来,"我可不愿意和你平白无故地拴在一起。"

他解下皮绳。

"当然,"他说,"不过以后我可能就拴在你身上了,用无形的绳子。"

"谁跟你拴在一起,"罗妮娅说,"你和你的波尔卡山寨都滚蛋吧!"

她紧握拳头,朝他的鼻子打过去。

他微笑着。

"我劝你还是不要这样!不过你的心地很好,谢谢你救了我的命!"

"滚吧,我已经说过了。"罗妮娅说完连头也没回就跑了。但是当她站在从墙顶通向马堤斯城堡的台阶上时,她听到毕尔克喊:

"喂,绿林女儿,我们还可以再见面吗?"

她回过头来,看着他最后一次跳过去。然后她喊:

"我希望你再掉下去一次,坏蛋!"

事情比她预料的还要坏。马堤斯大发雷霆,连他的绿林弟兄都吓坏了。

但是开始时没有人相信她的话,马堤斯第一次生她的气。

"有时候你说一两句瞎话还挺逗人笑,但是像这类瞎话可万万不能说。马堤斯城堡住上了波尔卡强盗——你肯定是瞎说!我的肺都要气炸了,尽管我知道这不是真的。"

"谁瞎说？"罗妮娅说。她再一次重申她从毕尔克那里得到的消息。

"你在说谎，"马堤斯说，"首先波尔卡没有男孩子。我听说他这辈子也不会有。"

绿林弟兄都沉默不语，没有人敢吭一声。但是最后福尤索克开口了：

"他已经有了一个男孩子。你还记得那个雷鸣电闪的夜晚吧？我们这里生了罗妮娅，温迪斯在那边生了个男孩。"

马堤斯瞪大眼睛看着他。

"怎么会没人告诉我呢？还有什么坏事我不知道吗？"

他气势汹汹地朝四周看着，然后大吼一声，两只手各拿起一个啤酒杯朝墙上摔去，啤酒溅得四处都是。

"波尔卡的狗崽子在马堤斯城堡上转来转去吗？罗妮娅，你跟他讲话了吗？"

"他先跟我讲话的。"罗妮娅说。

马堤斯大吼一声，把长桌子上的烤羊肉朝墙上扔了过去，肉汁溅得四处都是。

"你是说那个狗崽子告诉你，他父亲和他那帮强盗都搬进了北城堡，对吗？"

罗妮娅确实担心马堤斯听不完她的话就会失去理智。但是现在需要马堤斯生气，以便把波尔卡强盗赶出去，所以她说：

"对，他说现在叫波尔卡山寨，叫我好好记住！"

马堤斯大吼一声，拿起炉子上的汤锅朝墙上扔去，汤溅得四处都是。

洛维丝一直默默地坐在那里，只是听和看。不过这个时候她生气了，她拿起一碗刚从鸡窝捡来的鸡蛋走到马堤斯面前。

"这儿还有！"她说，"但是你要记住，摔完了你自己打扫卫生！"

马堤斯接过鸡蛋，在疯狂的吼叫声中一个接一个地把它们摔在墙上，蛋黄四处流淌。

这时候他哭了。

"我这里本来很安全，就像狐狸藏在窝里、老雕站在峭壁上。可是现在……"

他扑倒在地板上，一个男子汉竟躺在那里又哭又叫又骂。最后洛维丝只好安慰他。

"不要这样，"她说，"你的皮袄上长了虱子，你躺在地上哭有什么用？不如站起来想办法治一治！"

绿林弟兄们坐在桌子周围已经饿坏了。洛维丝捡回烤羊肉，放在桌子上，把上边的泥擦掉一点儿。

"烤羊肉这回更烂了。"她一边风趣地说，一边给绿林弟兄切下一块块很厚的羊肉。

马堤斯气呼呼地走过去，也在桌子旁边坐下。不过他不

吃。他双手抱着又黑又乱的头发,默默地抱怨,有时候长叹一声,整个石头大厅都能听到。

这时候罗妮娅走到他的身边。她用双手抱住他的脖子,把自己的脸颊紧贴他的脸颊。

"别生气了,"她说,"把他们赶出去就是了!"

"不容易啊。"马堤斯沉痛地说。

他们整个晚上都坐在火炉旁边考虑对策。怎样消灭皮袄上的虱子呢?怎样在波尔卡的人马还没站住脚的时候,就把他们从马堤斯城堡赶走?这是马堤斯要知道的。但是他首先想知道的是:那些狡猾的狐狸、那些偷东西的癞皮狗是怎么进入北城堡而竟然没有一个绿林弟兄看见!所有骑马或步行进入马堤斯城堡的人都要经过野狼关,那里日夜都有人把守。可是没有人发现波尔卡人马的一点儿影子。

斯卡洛·帕尔狡黠地一笑。

"啊,马堤斯,你真的相信他们会像散步一样通过野狼关,并且客气地说,请让让路,好朋友们,我们今天夜里搬进

北城堡?"

"你是老灵通,你说他们会走哪一条路?"

"不可能是通过野狼关和城堡的大门,"斯卡洛·帕尔说,"肯定是从北面,北面我们没有设防。"

"我们为什么要在那里设防呢?那里没有一条通向城堡的路,仅仅有一座峭壁。难道他们会像苍蝇一样直接爬上去,然后通过一两个很小的射击孔爬进去吗?"

这时候他好像突然想起了什么,睁大眼睛看着罗妮娅。

"不过你到城堡顶上做什么去了?"

"我去锻炼怎样才不会掉进地狱缝。"罗妮娅说。

她真后悔当时没有详细问一问毕尔克。如果她问,他很可能告诉她波尔卡的人马是怎么进入北城堡的。但是现在想起来已经晚了。

入夜,马堤斯不仅在野狼关而且在房顶上也派了岗哨。

"波尔卡强盗贪得无厌,"他说,"他们很有可能像一头野牛一样窜过地狱缝,反而把我们都赶出马堤斯城堡。"

他拿起一个啤酒杯,朝墙上扔过去,啤酒洒得整个石头大厅都是。

"我要去休息了,洛维丝!不是为了睡觉,是为了思考和咒骂。谁打扰我,谁就不得好死!"

罗妮娅整个晚上都没有合眼,突然间一切都使人感到忧伤

和烦恼。为什么会这样呢?那个毕尔克,她刚看见他的时候,她是很高兴的。她好容易遇到一个同年龄的孩子,为什么他是一个令人讨厌的波尔卡小强盗呢?

第四节

第二天早晨罗妮娅醒得很早。这时她的父亲已经坐在桌子旁边吃麦片粥,但是他吃得很慢。他把勺子心不在焉地送到嘴边,有时竟忘记张嘴,他吃不下去。但是更糟糕的事还在后头。夜里与斯杜卡斯、谢格一起在地狱缝站岗的里尔·克里奔突然跑进石头大厅喊道:

"波尔卡等着你,马堤斯!他站在地狱缝的另一边,说要尽快跟你讲话!"

然后里尔·克里奔快步闪到一旁,他真聪明,因为转眼间马堤斯手里的木头粥碗就擦着他的耳朵飞到墙上,粥洒得四处都是。

"你要自己打扫。"洛维丝严厉地说。但是马堤斯就跟没听见一样。

"好啊,波尔卡要跟我讲话!真见鬼,这次先让他讲,以后他就再也不用讲了!永远也别想再讲了。"马堤斯一边说,

一边把牙咬得嘎嘎响。

这时候所有的绿林弟兄都从卧室里吵吵嚷嚷地走出来，他们很想知道出了什么事。

"你们赶快把粥填到肚子里，"马堤斯说，"因为我们要去抓住一头野牛的犄角，然后把它扔到地狱缝里！"

罗妮娅去穿衣服。她穿得很快，因为除了在衬衣外面套上一件小马皮做的连衣裤以外，她不需要穿别的衣服。在下雪之前她整天光着脚。现在情况这样紧急，她用不着把时间花在穿靴子和袜子上。

如果是平时，她会很快到森林里去。但是今天例外，她要到城堡顶上去看热闹。

马堤斯催促着自己的绿林弟兄，他们还没喝完粥就出发了，甚至洛维丝和罗妮娅也气昂昂地走上通向城堡顶的石阶。只有斯卡洛·帕尔一个人坐在粥盆旁边，叹息自己年老体弱，再也不能参加什么纷争了。

"房子里台阶太多了，"他说，"我的腿走不动了。"

这是一个晴朗而寒冷的早晨。太阳把第一道火红的光芒照射在马堤斯城堡周围的密林上。罗妮娅从墙顶上看着周围的景色。下面就是她自己平静的、绿色的世界，她喜欢待在那里，她不喜欢待在地狱缝旁边。这里马堤斯的绿林弟兄和波尔卡的绿林弟兄分站两边，他们都严阵以待。

"啊,那个大坏蛋就是那副样子。"当她看见波尔卡叉开腿满不在乎地站在他自己绿林弟兄前面的时候想,"谢天谢地,他不像马堤斯那样魁梧、漂亮。"但是他看起来很健壮,这一点不能不承认。他的个子确实不高,但是膀阔腰圆,他长着红头发,乱糟糟地分向四周。站在他旁边的人也长着红头发,不过他的红头发梳得很光,看起来就像一顶铜盔戴在他的头上。啊,那是毕尔克,他似乎觉得这件事很好玩。他偷偷地向她招手,就像他们是老朋友一样,这个小坏蛋说不定真是这样想的!

"很好,马堤斯,你来得真快。"波尔卡说。

马堤斯怒视自己的敌人。

"我本应该早一点儿来,"他说,"但是有一件事我必须得先办好。"

"什么事情?"波尔卡很有礼貌地问。

"我早晨要作一首诗。诗的题目叫'悼念一位波尔卡强盗的哀歌'。温迪斯成了寡妇的时候,她可以从这首诗里得到一点儿安慰!"

波尔卡原来以为马堤斯会和他商量问题,而不会为波尔卡

山寨的事和他大吵。但是他发现自己完全估计错了,这时候他也生气了。

"你应该多考虑考虑怎么安慰洛维丝,她整天要耐着性子听你吹牛皮。"

要得到安慰的温迪斯和洛维丝把手放在胸前分别站在地狱缝两边,她们互相对视着。看样子她俩谁也不需要安慰。

"你听我说,马堤斯,"波尔卡说,"我们不能再住在波尔卡森林了。官兵不停地在那里搜捕,就像苍蝇一样在那里飞来飞去,我的妻子、孩子和我的绿林弟兄总得有个安身之处。"

"情况可能是这样。"马堤斯说,"不过你不声不响就抢占了一个住处,任何一个有家教的人都不会这样做。"

"一个强盗嘴里竟讲出这样动听的话!"波尔卡说,"你拿人家东西问过谁?"

"这个……"马堤斯说。这时他确实被问得张口结舌,罗妮娅感到有点茫然。哪些东西马堤斯没有问人家就拿走了呢?她一定要问清楚。

"废话少说。"马堤斯沉默了一会儿说,"我想听听你们是怎么进入城堡的,因为我们还可以从原路把你们赶出去。"

"你这是痴心妄想。"波尔卡说,"我们是怎么进来的?喂,你看,我们有一个能攀登峭壁的小将,他带着一根很结实的绳子爬上去,绳子看起来就像他的尾巴一样。"

他抚摸着毕尔克的满头红发,毕尔克安静地笑着。

"然后他把绳子拴好,我们大家一个接一个地爬上去。这样我们就直接进入城堡,为自己找了一个很不错的住处。"

"就我所知,北面没有门。"

"这个城堡的事你知道得确实不多,尽管你一辈子都住在这里!喂,你记得吗?最初这里住的是大户人家,女仆们一定得有个小门,她们喂猪时就走那个门。你总还记得你小的时候猪圈在哪里,我和你经常在那里捉老鼠,有一次你父亲走到我们跟前打了我一个耳光,我觉得我的脑袋好像被打掉了。从此以后我们就不在一起玩了。"

"啊,我的父亲打得好!"马堤斯说,"他在哪儿碰上波尔卡家族的坏蛋,都不会把他们白白放过!"

"不错,"波尔卡说,"这个耳光让我懂得了,所有马堤斯家族的成员都是我的死敌。当初我不知道,你和我属于不同的家族,你大概也不知道!"

"但是现在我知道了。"马堤斯说,"现在有两条路,一条是给被打死的波尔卡强盗唱挽歌,一条是你和你的一伙人顺原路离开马堤斯城堡。"

"这两种情况可能会一个接一个地消失。"波尔卡说,"不过我在波尔卡城堡搞了一个立足之地,我要待在那里。"

"那就等着瞧吧。"马堤斯说。他的绿林弟兄大声喊叫着。

他们想先下手为强，但是波尔卡的人也全副武装，地狱缝旁边的一场冲突对大家都不会有好处，马堤斯和波尔卡都意识到这一点。因此他们像通常那样彼此骂了一会儿以后就散开了。

马堤斯回到石头大厅的时候，看不出像个胜利者，他的绿林弟兄也是这样。斯卡洛·帕尔默默地打量着他们，然后他张开没牙齿的嘴狡黠地微笑着。

"那头野牛，"他说，"你们要抓住犄角扔到地狱缝里的那头野牛，我相信扔下去后一定会扑通一声响，整个马堤斯城堡都会震动起来，我说得对不对？"

"快吃你的粥，如果你还嚼得动的话，野牛由我来处理，"马堤斯说，"时机到了我就会收拾他们。"

但是现在他们还不会彼此动手，所以罗妮娅还能抓紧时间到野外去。白天现在已经短了。过几个小时太阳就要落山了，但是在这之前她还是想到自己的森林和湖泊去。湖水在阳光下闪闪发亮，看起来就像炽热的金子一样。罗妮娅知道金子是骗人的，水是冰冷的。然而她还是很快脱掉衣服，把头浸到水里。她先是叫了一声，但是后来就高兴地笑了起来。她游泳和潜水，直到全身都冻僵了。她打着哆嗦穿上皮罩衣。但是身上还是感到冷，她必须跑起来才能暖和。她像疯子一样在树木和石头之间跑着，直到寒冷被驱散，双颊发热。然后她继续跑，越跑越高兴。她一边欢乐地叫着，一边在一两棵枝叶茂密的云

杉树之间奔跑,她正好在那里碰上毕尔克。这时她浑身又充满了寒冷。真讨厌,在树林中她都不得安宁!

"小心点儿,绿林女儿,"毕尔克说,"你也许用不着这样忙!"

"我多忙关你什么事。"罗妮娅没好气地说,然后继续跑。但是她放慢了速度。她突然想起来,应该悄悄地回来,看看毕尔克在她的森林里干些什么。

他正蹲在她的狐狸窝旁边。这使她更生气了,因为这是她的狐狸。从今年春天它们生小狐狸起,她一直看着它们。现在小狐狸长大了,但是还是很好玩。它们在窝外边跳呀蹦呀,互相打闹,毕尔克蹲在那里看着它们。他背朝着她,然而通过某种奇怪的方式,他还是看见她待在他的后边,他高声叫着,但是没有回过头来。

"你要干什么,绿林女儿?"

"我不许你动我的小狐狸。离开我的森林!"

这时候他站起来,走到她的身边。

"你的小狐狸?你的森林?小狐狸属于它们自己,你懂吗?它们生活在狐狸的森林。就像狼的森林、熊的森林、麋鹿的森林和野马的森林一样,也是猫头鹰、秃鹰、野鸽、雕和杜鹃的森林,也是蜗牛、蜘蛛和蚂蚁的森林。"

"我认识这个森林里的所有动物,"罗妮娅说,"我用不

着你来教我!"

"那你就应该知道,这也是人面鹰身女妖、灰矮人、小人熊和夜魅的森林!"

"请你给我讲一点儿新鲜的东西。"罗妮娅说,"讲一点儿你知道而我不知道的东西。不然你就闭上嘴!"

"此外,这也是我的森林和你的森林。绿林女儿,这也是你的森林!但是如果你想独占,那你就比初次给我的印象愚蠢多了。"

他看着她,他明亮的蓝眼睛因为生气而变得暗淡了。看得出来他不喜欢她,不过她反倒感到庆幸。随他的便吧,她想回家了,所以她不再看他。

"我想和狐狸、猫头鹰、蜘蛛共有森林,但是不想和你共有。"说完她就走了。

这时候她看见雾笼罩着森林。茫茫雾气从地上升起来,随后在树木之间翻滚。突然间太阳消失了,金色的光芒不见了。这时她既看不见路,也看不见石头。但是她并不害怕。因为她在迷雾中也能回到马堤斯城堡,在洛维丝唱《狼之歌》之前她肯定能赶到家里。

可是毕尔克会怎么样呢?在波尔卡森林他大概可以找到所有的道路,但是在马堤斯森林他就不怎么熟悉了。啊,他可能不得不跟狐狸待在一起,直到第二天雾散去。

这时她听见他在雾里喊她：

"罗妮娅！"

啊，他连她叫什么都知道！他已经不像过去那样只叫她绿林女儿！

他又叫她一次：

"罗妮娅！"

"干什么？"她喊着。但是这时候他已经赶上她。

"我有些怕这些雾气。"他说。

"啊，你害怕找不到你的强盗窝了吧？那你就住在狐狸窝里吧，你不是喜欢和它们住在一起吗？"

毕尔克笑了。

"你的心真比石头还硬，绿林女儿！不过你在马堤斯森林比我熟悉。我能拉着你的罩衣角和你一起走出森林吗？"

"不能。"罗妮娅说。不过她解开过去曾经救过他的那根皮绳，把一头递给他。

"接着！不过我建议你和我保持一绳子长的距离！"

"就照你说的办，愤怒的绿林女儿。"毕尔克说。

然后他们开始走。浓雾把他们紧紧地包围起来，他们默默地走着——像罗妮娅说的那样，他们保持一皮绳长的距离。

他们一点儿也不敢离开小路。一步走错就会在浓雾中迷路，罗妮娅清楚地知道这一点。不过她不害怕。凭着手和脚的

感觉她也能向前走，石头、树和灌木丛都是她的路标。他们走得很慢，但是在洛维丝唱《狼之歌》以前她大概可以赶到家。她用不着担心。

她从来没有经历过这样奇怪的路程。森林中一切生命似乎都死亡了或沉默了，这使她感到特别奇怪。她熟悉和喜欢的森林在哪里？为什么森林寂静得叫人害怕？浓雾中隐藏着什么？那里有一种东西，既陌生又可怕，但是她不知道是什么。她害怕了。

"我很快就到家了。"她这样安慰自己，"很快我就能躺在自己的床上听洛维丝唱《狼之歌》了。"

但是这种自我安慰不管用。她又害怕起来，她从来没有这样害怕过。她叫毕尔克，但是声音很轻很轻，听起来非常奇

怪，这使她更加害怕。"太可怕了，"她想，"我要完蛋了！"

这时从浓雾中飘来一支悠扬的曲子，这是一首歌，这是一首最动听的歌。她从来没有听到过这样好听的歌曲。啊，太美了，整个森林都回荡着它的优美旋律！歌声驱散了恐惧，歌声安慰着她。她静静地站在那里，让歌声安慰自己。多么动听啊！这歌声太有诱惑力和吸引力了！她感到唱歌的人想让她离开小路，随着诱惑她的歌声进入浓雾。

歌声越来越响。歌声使她的心都颤抖起来，她一下子忘掉了家里等待着她的《狼之歌》。她把一切都忘记了，她一定要到浓雾中召唤她的人那里去。

"好，我就去。"她喊叫着，并且离开小路一两步。但是这时候皮绳用力一拉，把她拉倒了。

"你到哪儿去？"毕尔克喊叫着，"如果你让地魔引诱去，你就没命了，你知道吗？"

她过去听说过地魔，她知道下雾的时候他们就从漆黑的洞里走到森林中来。她从来没有遇到过这类东西，但是无论到哪儿她都想跟着他们。只要她能听到他们的歌声，就是一辈子都生活在地下也可以。

"好，我就去。"她又一次喊叫着，并且要走。但是毕尔克在那里，他紧紧拉住她不放。

"放开我。"她喊叫着，并且用力挣扎。但是毕尔克就是

不松手。

"你不要做傻事。"他说。但是因为歌声吸引着她,她不听他的劝告。这时候歌声那样响亮,整个森林都可以听到,她无法抗拒歌声对她的诱惑。

"好,我就去。"她又一次喊叫着,为了挣脱开,她使劲打毕尔克。她又抓又打,又哭又叫,还用嘴狠狠地咬毕尔克的脸颊。但是他仍然紧紧地拉住她。

他长时间拉住她不放。突然浓雾飘走了,就像来的时候那样快,同时歌声也停了。罗妮娅向四周看着,就像从梦中醒来一样。她看着通向家里的小路,看着正在林海后边落山的火红太阳。她也看着毕尔克,他紧靠着她站着。

"我说过保持一皮绳远的距离。"她提醒他。然后她看见他的脸颊流着鲜血,她问:

"狐狸把你咬了?"

毕尔克没有回答,他卷起皮绳递给她。

"谢谢你!现在我可以自己走回波尔卡山寨了!"

罗妮娅偷偷地看着他。突然间她对他再也恨不起来了,她也不知道为什么。

"快滚蛋吧。"她带着友善的语气说。然后她跑了。

第五节

那天晚上罗妮娅和她的父亲在火炉旁边坐了一会儿以后，突然想起了她要了解的事情。

"那天波尔卡说，你不问人家就拿人家的东西，到底是什么东西？"

"啊，"马堤斯说，"我真担心你在雾中找不到家，我的罗妮娅！"

"不过我还是找到家了。"罗妮娅说，"我问你，你拿人家什么东西事先没有问呢？"

"你看，"马堤斯兴致勃勃地指着火焰说，"你看见了吧，那儿真像有个老头儿！他跟波尔卡长得一模一样，哎呀，真恶心！"

但是罗妮娅在火焰中没有看见波尔卡，并且她也不关心这些事。

"你拿人家什么东西没有事先问呢？"她继续追问。

马堤斯没有回答,斯卡洛·帕尔替他回答了。

"很多很多!哎呀呀,太多了!我数给你听……"

"够了,用不着你唠叨,"马堤斯生气地说,"我自己会说!"

除了斯卡洛·帕尔外,所有的绿林弟兄都已经睡觉去了,洛维丝到外边去看鸡、山羊和绵羊能不能很好地过夜,因此只有斯卡洛·帕尔能听到马堤斯给罗妮娅解释什么是绿林。一个绿林就是不经人家同意,强行就拿走人家东西的人。

马堤斯从来不觉得这样做有什么不好,恰恰相反,他为自己是天下深山老林中最强悍的绿林首领而自豪。但是当他要给罗妮娅讲的时候,却有点儿不好意思了。当然他想让她慢慢地知道全部真相,这样做肯定是必要的。但是他想等过一段时间以后再说。

"我的罗妮娅,你还是一个不大懂事的小孩子,所以过去我对你讲得不多。"

"没有,你连一个字也没有讲过。"斯卡洛·帕尔肯定地说,"你也不允许我们讲什么!"

"老人家,你最好赶快去睡觉,好吗?"马堤斯说。但是斯卡洛·帕尔说他不想去睡觉,他想听一听。

罗妮娅明白了,现在她总算搞清了事情的真相。绿林弟兄晚上骑着马回家时,马背上所有的东西——口袋里、包袱里的东西,箱子里、柜子里的所有的好东西——都不是长在树上,是她的父亲毫不费力地从别人那里抢来的。

"但是抢人家的东西时,人家不会生气吗?"罗妮娅问。

斯卡洛·帕尔狡黠地笑着。

"他们气得大喊大叫,"他肯定地说,"而且……而且……而且……你接着听吧!"

"老人家,你最好现在就去睡觉吧。"马堤斯说。但是斯卡洛·帕尔仍然不愿意去睡觉。

"有些人被抢了东西还哭呢。"他跟罗妮娅说,但是这时候马堤斯高声叫起来。

"你别打岔,不然我就把你赶出去!"

然后他抚摩着罗妮娅的脸颊。

"你一定要明白,罗妮娅!这样做是可以的。自古以来绿林好汉就是这样做的,这有什么可争论的。"

"不对,不是那么回事。"斯卡洛·帕尔说,"谁也不会心甘情愿让别人把自己的东西抢走。他们气得又哭又叫又骂,看起来可惨了!"

马堤斯愤怒地看着他,但是后来他又转过头来对罗妮娅说:

"我的父亲就是绿林首领,我的祖父、曾祖父都是绿林首领,这你是知道的。我没有辱没祖先。我也是绿林首领,而且是深山老林中最强大的首领。你也一定会成为首领,我的罗妮娅!"

"我?"罗妮娅喊了起来,"永远也不会!我永远不想让别人又气又哭!"

马堤斯搔着头,他确实不安起来。他本来想罗妮娅会喜欢他、爱他,就像他喜欢她、爱她一样。而这时候她竟然说"永远不想",她不愿意像她父亲一样成为首领。这使他很不高兴,他一定要想方设法使罗妮娅觉得他做得天经地义。

"你要知道,我的罗妮娅,我只是抢富人的东西。"他考虑了一会儿说。

"然后我把东西分给穷人,我就是这样做的。"

这时候斯卡洛·帕尔狡黠地笑了。

"对,对,是这样!你把一整袋面粉给过一位带着八个孩子的寡妇,你还记得吗?"

"记得,"马堤斯说,"我记得清清楚楚。"

他高兴地捋着自己的黑胡子。这时候他很得意,对斯卡洛·帕尔也很满意。

斯卡洛·帕尔又狡黠地笑了。

"你的记性真好,马堤斯!啊,正好是十年前的事情。不错,你给过穷人东西。然而十年才给一次。"

这时候马堤斯气得喊叫起来。

"如果你现在还不去睡觉,我知道谁能帮助你躺到床上。"

但是用不着了,因为洛维丝进来了,斯卡洛·帕尔不用别

人说就走了。罗妮娅躺到床上去睡觉,洛维丝唱《狼之歌》的时候,炉火也熄灭了。罗妮娅躺在床上听着摇篮曲,她不再想她的父亲是绿林首领这件事。他是她的父亲,不论他做什么,她都喜欢他。

这一夜她睡得很不舒服,做了很多噩梦,她梦见地魔和他们诱人的歌声,但是她醒了以后什么都记不得了。

但毕尔克她还记得。随后的几天里她有时候会想起他,她想他在波尔卡山寨生活得怎么样,她想要过多久马堤斯才能最终把波尔卡的绿林弟兄赶出城堡。

马堤斯每天都在制订大批新计划,但是没有一项有价值。

"没用处,"不管马堤斯想出什么办法,斯卡洛·帕尔都这样说,"你必须像一只母狐狸那样狡猾,因为用武力是不行的。"

马堤斯可不像母狐狸那样狡猾,不过他也尽了最大努力。在这期间他们抢劫的活动不多,波尔卡的绿林弟兄也在考虑其他的事情。这些天来必须经过绿林走廊的人感到很奇怪,为什么绿林都没出来抢东西。他们不知道这条路为什么这样安宁,那些抢劫的人都到哪儿去了?那些千方百计追捕波尔卡的官兵找到了他过去的住处,但是那里空无一人。官兵连一个波尔卡强盗的影子也没见到,不过他们很高兴,因为他们总算可以交差了,总算可以离开波尔卡森林了。这里的秋天阴暗、寒冷和

多雨。远处的马堤斯森林也有绿林，他们是知道的，但是却不愿意记在心上。没有比那里的条件更坏的地方了，要捉到住在那里的绿林首领简直比捉峭壁上的雕还难。他们宁愿让他逍遥法外。

马堤斯用绝大部分时间观察北城堡内波尔卡绿林弟兄的活动和思考怎样接近他们，因此他每天都去侦察。他骑马带着一两个弟兄在北城堡附近的森林里转来转去，但是连敌人的影子也看不见。平时那里死一般的沉静，好像根本没有波尔卡的人一样。不过那里备有一根很长的绳梯，人们可以毫不费力地从城堡顶部上来下去。马堤斯只看见过一次绳梯放下来。这时候他失去了理智，像疯子一样跑过去，想顺着梯子爬上去。他的绿林弟兄斗志昂扬地跟着他。但是这时箭头像雨点一样从波尔卡山寨的射击孔里射出来，里尔·克里奔腿上中箭，在床上躺了两天。很明显，绳梯只有在严密的警戒下才放下来。

秋天的黑暗沉重地笼罩着马堤斯山，绿林弟兄待在家里感到乏味无聊。他们比平时吵嚷得更凶，以致洛维丝不得不警告他们：

"你们把我的耳朵都要吵聋了。如果你们不安静下来，就都滚出去！"

这时他们不吵嚷了，洛维丝给他们安排了有益的工作，打扫鸡窝和羊圈，他们心里有些不愿意。但是除了年老的斯卡

洛·帕尔和在野狼关、地狱缝站岗放哨的人以外,没有一个人敢溜掉。

马堤斯也尽力使自己的绿林弟兄有事可做,他带着他们去打猎。他们手持弓箭到秋季的森林里去,当他带着捕获的四只很大的公麋鹿回家时,斯卡洛·帕尔高兴得笑起来。

"老是喝鸡汤、羊肉汤和粥可不行。"他说,"现在可有吃的了,煮得最烂的肉应该给没牙的人吃,你们每个人都知道这个道理。"

洛维丝烤鹿肉、熏鹿肉和腌鹿肉,这些东西再加上带骨头的鸡肉和羊肉,足够整个冬天吃了。

像往常一样,罗妮娅待在森林里。那里很寂静,但是她也喜欢秋季的森林。她脚下踩着潮湿、嫩绿和松软的苔藓,秋天散发着芳香,树枝上的露水晶莹发亮。秋雨很多,她喜欢坐在一棵枝叶茂密的云杉底下听淅沥的雨点声。有时候大雨倾盆,整个森林被雨浇得哗哗响,她也喜欢这种景象。人们在秋季看不见多少野兽,狐狸待在窝里,但是有时候在傍晚能看见麋鹿跑过,有时看见野马在树林里吃草。她很想为自己捉一匹野马,她试了很多次,但是一次也没有成功。它们非常胆小,肯定难以驯养。她确实该有一匹马了,她也曾经跟马堤斯说过这件事。

"好呀,到你有力气的时候自己去捉一匹吧。"他回答说。

"将来我会这样做的。"她想,"我要捉一匹漂亮的马驹,把它拉到马堤斯城堡,我要像马堤斯驯养自己的马那样驯养它。"

秋季的森林空荡荡的,令人惊奇,经常待在那里的一切有生命的东西都不见了。它们可能都躲藏起来了。偶尔有几个人面鹰身女妖从山上飞下来,但是她们好像也不是很凶,她们大部分时间待在自己的山洞里。灰矮人也不见了,罗妮娅只有一次看见几个灰矮人在一块石头后面转来转去,不过她现在已经不再怕他们了。

"快滚开!"她喊叫着,这时候他们拖着沙哑的声音躲到别的地方去了。

她在森林里一直没有见过毕尔克。这或许反而使她感到高兴,不过是真高兴还是假高兴,有时候她自己也不知道。

冬天来了。雪花飘落,寒冷降临,霜把罗妮娅的森林变成冰的森林,这是她看到过的最漂亮的森林。她在那里滑雪,黄昏回家时她的头发上带着冰雪,尽管戴着皮手套、穿着皮靴子,她的手指甲和脚指甲还是冻得要裂开一样。但是寒冷和冰雪并不能把她和她的森林分开,第二天她又去了。当马堤斯看着她沿着山坡向野狼关滑过去的时候,有时也不免担心起来。他又像平时那样对洛维丝说:

"但愿一切顺利!她千万不能出什么危险!如果她出了危

险，我就不想活了！"

"你瞎说什么，"洛维丝说，"这个孩子比任何一位绿林弟兄都会照料自己，还要我说多少遍你才能明白！"

罗妮娅确实会照料自己，不过有一天发生的事情最好不要让马堤斯知道。

夜里又下了很多雪，罗妮娅所有的滑雪道都被破坏了。她得滑出新的滑雪道，这是很费力的。寒冷的天气使雪面上结了一层薄冰，但是冰很不结实，冰层不停地破裂，最后她实在滑不动了，想回家了。

她滑到一个山坡上，想从那里滑到另一边。山坡很陡，但是她可以用滑雪杖减低速度。中途遇到一个山疙瘩，她起身飞了过去。但是在飞越中间她脚上的一只滑雪板掉了，当她落地的时候，脚深深地扎进雪里。她看见自己的一只滑雪板掉到山疙瘩下边了，那只脚光着，身体陷进雪窝里，一直陷到膝盖。

一开始她觉得很好笑,但是当她发现自己的处境是多么不妙的时候,她就不笑了。不管她怎么用力挣扎,都无法从雪窝里爬出来。她听到雪窝下有谁在嘟囔,一开始她不知道是怎么回事。但是正在这个时候,她看见一群小人熊从不远处的雪里爬出来。他们宽大的屁股、又小又皱的脸和树枝一样的头发很容易辨认。在一般情况下,小人熊很温顺、很老实,不做什么坏事。但是这群小人熊却与众不同,他们用发呆的眼睛瞪着她,看得出来,他们很不高兴。他们又嘟囔又叹气,其中一个闷闷不乐地说:

"她为什么要这样做呢?"

其他的小人熊也跟着说:

"她为什么要这样做呢?为什么把房顶踩坏?"

罗妮娅知道,她把脚踩进他们筑在地下的窝里了。小人熊找不到树洞,就在地下筑窝。

"我不是有意这样做的,"她说,"帮我把脚拔出来!"

但是小人熊只是用眼睛瞪着她,还像刚才一样叹息。

"她的脚卡在房顶上了,她为什么这样呢?"

罗妮娅发火了。

"帮助我离开这里!"但是他们好像没听懂一样,只是呆呆地看着她,然后很快跑进自己的窝里。她听见他们在地底下抱怨。但是突然他们叫了起来,好像为什么事情高兴。

"好主意!"他们叫起来,"把摇篮挂在上边!好主意!"

罗妮娅感到有什么东西挂在她的脚上了,沉甸甸的。

"看里边那小雄娃,他在那里很舒服。"小人熊喊叫着,"在摇篮里多好啊!我们一定要利用房顶上的那只丑脚!"

但是罗妮娅可不想躺在冰天雪地里,让自己的脚给几个傻乎乎的小人熊挂摇篮,她再次使出全身的力气想从雪窝里挣脱出来。这时候小人熊欢呼起来。

"啊,小雄娃,看呀,摇篮真的摇起来了!"

她从小就听说,在马堤斯森林不能害怕,她想竭力去掉怕的念头。但是有的时候办不到,现在就办不到。想想看吧,如果她不能挣脱出来,她就要躺在这里,夜间就会冻死!她看着森林上空密布的乌云,想到会有更多的雪降下来!她可能被埋在雪里冻死,卡在雪里的那只脚要给小人熊挂摇篮,一直要到春天。只有到那个时候,马堤斯才会来,找到已经冻死在冬季森林里的可怜的女儿。

"啊呀,啊呀,"她喊叫着,"救命啊!快来救命呀!"

但是在这个空旷的森林里谁能听见她的喊声呢?她知道一个人也没有。但是她还是喊救命,直到没力气为止。这时候她听见小人熊在底下抱怨:

"摇篮曲怎么停了!为什么?"

但是后边的话罗妮娅就听不见了,因为这时候她看见一个

人面鹰身女妖。

她像一只黑色的美丽大猛禽从漆黑的高空朝森林盘旋而来,她飞得越来越低、越来越近,后来直奔罗妮娅。罗妮娅闭上了眼睛。她知道现在一切都完了!

女妖降落到她的身边,又叫又笑。

"美丽的小人儿,"女妖一边尖声叫,一边揪罗妮娅的头发,"你躺在这里休息呀,哎哟哟,哎哟哟!"

女妖再次笑起来,她笑得特别令人讨厌。

"你要去干活儿!到山里去给我们干活儿!一直干到手流血!不然我就抓你,不然我就拧你!"

女妖用自己的尖爪从雪里往上拉罗妮娅。当女妖看到罗妮娅仍然纹丝不动地卡在那里的时候,就生气了。

"你想让我抓你和拧你吗?"

她朝罗妮娅弯下身来,两只黑眼睛闪着令人厌恶的光芒。

然后她再一次从雪窝里往外拉罗妮娅，但是不管她怎么拉，怎么拽，也没成功，最后她厌烦了。

"我得去叫我的姐妹，"她喊叫着，"明天我来把你带走。以后你就再也不能像现在这样躺着休息了，永远永远也不能休息了！"

她从树冠上空飞走了，立即消失在远方群山中。

"明天女妖来的时候，我早就变成一块冰了。"罗妮娅想。

下边的小人熊已经不再喊叫。整个森林寂静无声，只是等待着夜的到来。罗妮娅也没有什么可盼的了。夜肯定会来，罗妮娅想，最后这个寒冷、漆黑和孤独的夜将结束她的生命。

雪已经开始下起来了。鹅毛大雪落在她的脸上，雪花化成水，和她的眼泪流在一起，因为这时候她哭起来了。她想起了马堤斯和洛维丝。她再也见不到他们了，在马堤斯山谁也不再高兴了。可怜的马堤斯，他会伤心得发疯！他生气的时候，再也没有罗妮娅安慰他了。她过去经常这样做。啊，没有人再安慰他，他再也得不到安慰了，一点儿安慰也得不到了。

这时候她听见有人叫她的名字。她听得非常清楚，但是她知道这一定是在梦里，为此她又哭了起来。除了在梦里再也没有人叫她的名字了，很快她连梦也做不成了。

但是她又一次听到了叫她的声音！

"罗妮娅，你还不回家？"

她情不自禁地睁开了眼睛,看见毕尔克站在那里。啊,毕尔克踩着滑雪板站在那里!

"真巧,我在下边找到了你的一只滑雪板。如果不是因为它,你就不会躺在这里动不了了。"

他把滑雪板放在她身边的雪上。

"你大概需要我帮助吧?"

这时候她放声大哭起来,她哭得那么响,连她自己都感到害羞了。她不能回答他,只是哭,当他弯下腰来把她拖起来的时候,她用双手搂着他,委屈地说:

"不要离开我!再也不要离开我!"

他微笑了。

"那可不行,你一定要和我保持一皮绳的距离!松开我,别哭了,让我看看能不能把你拖出来。"

他脱掉滑雪板,趴在雪窝旁边,把手尽量伸进去。当他摸了很长时间以后,奇迹发生了:罗妮娅拔出了腿,她得救了!

但是雪下边的小人熊生气了,它们的孩子哭了起来。

"漂亮的小雄娃,它的眼睛进了土,何必要这样呢?"

罗妮娅止不住地哭,毕尔克把滑雪板递给她。

"别哭了,"他说,"再哭你就没劲儿回家了!"

罗妮娅深深地吸了一口气。啊,这时她才止住哭。她站在滑雪板上,试试自己的腿能不能滑起来。

"我试一试,"她说,"你大概也要回家吧?"

"我也回家。"毕尔克说。

罗妮娅一用力,沿着山坡滑起来,毕尔克跟在后面。当她吃力地在飞雪中朝家滑的时候,他一直跟在她后面。她一次又一次地回过头来,看一看他是不是还跟在后面。她很担心他会突然走了,把她一个人丢下。但是他一直在一绳子距离内跟着她,直到他们滑到野狼关。他们一定要在这里分手,然后毕尔克沿着秘密小道回波尔卡山寨。

他们在纷飞的大雪中站了一会儿,然后告别。罗妮娅真不愿意他离去,她竭力把他留下。

"毕尔克,"她说,"我希望你能成为我的哥哥。"

毕尔克笑了。

"大概可以吧,如果你愿意的话,绿林女儿!"

"我愿意。"她说,"只要你叫我一声罗妮娅就行了!"

"罗妮娅,我的好妹妹。"毕尔克叫着,然后消失在飞雪中了。

"今天你在森林中待了这么长时间,"当罗妮娅坐在炉子旁边烤火的时候,马堤斯说,"你在那里玩得高兴吗?"

"高兴,相当高兴!"罗妮娅一边说,一边把自己冰冷的双手伸向暖烘烘的炉子。

第六节

马堤斯城堡和周围的森林下了一夜百年不遇的大雪,连斯卡洛·帕尔也从来没有见过。四个人使出全身的力气才把城堡的大门推开一条缝,以便让人挤出去清理掉很高很高的积雪。斯卡洛·帕尔也把头伸出来,看着景色单调的白茫茫原野,一切东西都被大雪掩埋了。野狼关完全被大雪封住。斯卡洛·帕尔相信,如果雪继续这样下,人们要到春天才能使用野狼关的通道。

"喂,福尤索克,"他说,"如果你喜欢扫雪的话,我保证你有事可做。"

斯卡洛·帕尔对绝大多数事情所做的预言都是正确的,这次他的话又应验了。大雪昼夜不停地下了很长时间,绿林弟兄一边扫雪一边骂,但是他们对于不需要在野狼关和地狱缝站岗防备波尔卡的人至少是高兴的。

"波尔卡确实比猪还蠢。"马堤斯说,"但是他不会蠢到

这种程度，愿意在深到胳肢窝的雪中较量。"

马堤斯也不那么蠢，另外他也不把波尔卡放在心上了。他有更麻烦的事情要考虑。罗妮娅长这么大还是第一次病倒。她陷在雪中那天，是她最后一次待在森林里，第二天早晨醒来的时候她发了高烧。她感到奇怪，为什么不想活动？

"你怎么啦？"马堤斯一边喊叫，一边跪在她的床边，"你说什么？你大概不是病了吧？"

他拿起她的手，感到很烫。啊，他发现她浑身都很烫，他害怕了。他过去从来没有见过她像现在这个样子。她过去一直都很活泼、健康。但是现在他的宝贝女儿躺在那里，他马上明白了这意味着什么！他知道要发生什么事！罗妮娅将要离开他，她会死掉，他想到这一点时心如刀割。他悲痛极了，不知道怎么做才好。他真想用头去撞墙，真想像平时那样大喊大叫。但是不行，这样做会把可怜的孩子吓坏，这点儿理智他还是有的。因此他把手放在她滚烫的前额上，嘟囔着：

"你最好不要着凉，我的罗妮娅！人有病的时候，是不能着凉的。"

罗妮娅尽管发着烧，但她还是能认出自己的父亲，她竭力安慰他：

"别犯傻，马堤斯！这点儿小病算不了什么。比这更坏的事情差一点儿要发生。"

"我差一点儿从冬到春被埋在远方森林的雪里。"她想。她又一次想象着,如果发生那样的事情,那么可怜的马堤斯就会被毁了。当她想到这一点的时候,她流下了眼泪。马堤斯看到她哭了,以为她躺在那里为自己这么年轻就死去而伤心。

"孩子,你肯定会健康起来,不要哭。"他一边说,一边强忍住哽咽,"你母亲到哪里去了?"后来他喊叫着,哭着朝门那边跑去。

当罗妮娅的生命只有一丝希望时,为什么洛维丝迟迟不把退烧的草药煎好呢?他很想知道是怎么回事。

他到绵羊圈去找她,但是她没在那儿。绵羊在圈里叫着要吃的东西。不过它们很快就发现,来的人不对头。因为这个人把长着蓬乱头发的头靠在羊圈上,撕心裂肺地哭着,它们都吓坏了。

马堤斯继续哭着,直到洛维丝喂完鸡和山羊以后走进门来。这时候他吼叫着说:

"你这个女人,孩子有病你为什么不待在她身边?"

"我的孩子病了?"洛维丝平静地说,"我可不知道。不过等我喂完绵羊以后……"

"我可以喂!你去看罗妮娅。"他高声说,然后他像伤了风似的小声说,"假如她现在还活着的话!"

他从饲料房里取出一捆一捆的白杨枝条,洛维丝走了以

后,他开始喂绵羊,并且向它们诉说自己的苦衷。

"你们可不知道有了孩子是什么滋味!你们可不知道当一个人失去他最疼爱的小羊羔时,心里是什么滋味!"

然后他突然不说话了,因为这时候他猛地想起来了,所有这些绵羊春天的时候都下了羊羔。而所有这些小羊羔……后来差不多都被熏成烤羊腿吃了!

洛维丝给女儿喝了退烧的草药,过了三天罗妮娅就好了。马堤斯又惊又喜。罗妮娅跟过去一样,只是有了心事。在她卧床不起的三天中,她想了很多事情。跟毕尔克的关系将来会怎么样?她已经有了一个哥哥,但是什么时候才能跟他在一起呢?这件事一定要保密。不能告诉马堤斯,她已经和一个波尔卡强盗交了朋友。如果让他知道的话,就等于给他当头一棒,甚至比当头一棒还要坏,他会比以往更伤心、更生气。罗妮娅叹息着,为什么她的父亲对什么事情都很粗鲁呢?不论他高兴、生气和伤心,反正都是一样,他的野蛮、粗暴几乎是十二个绿林弟兄的总和。

罗妮娅平时在父亲面前从不撒谎。但是那些可能使他生气或伤心的事她都不告诉他。如果跟他讲毕尔克的事,他可能既伤心又生气。可是没有办法,她已经有了一个理想的朋友,尽管她必须偷偷摸摸地和他在一起。

可是冰天雪地,她能偷偷摸摸地到哪儿去呢?森林她不能

去，因为野狼关被雪堵死了。再说冬天的森林她也有点儿害怕了，上次她已经受够了罪。

　　暴风雪继续在马堤斯城堡周围呼啸，天气越来越坏。罗妮娅知道，只有春天来临的时候，她才能见到毕尔克，真是糟糕极了。他离她那么远，好像他们住的地方相隔十万八千里。

　　都是雪不好。罗妮娅越来越恨雪，绿林弟兄的内心也是这样。每天早晨他们都争吵该谁去扫雪。几个人必须把通向山泉路上的雪清扫干净，因为他们要在那里取水。山泉位于去野狼关的半路上，先要冒着大雪清扫路上的雪，然后用沉重的水桶往回担水，直到够人和牲畜喝的，这个工作很困难。

　　"你们懒得就像猪，"洛维丝说，"你们只有在打架和抢

东西的时候,才真正卖力气。"

这些懒散的绿林弟兄向往着春天,到那时他们就能重新开始抢劫。在漫长的等待日子里,他们每天要清扫很多很多雪,削滑雪板,检修武器,给马刷毛,掷骰子,他们还像往常那样跳绿林舞,唱绿林歌。

罗妮娅和他们一起掷骰子、跳舞和唱歌,但是她也像他们那样非常向往春天,向往春天的森林。到那时她就可以见到毕尔克,就可以和他说话了,就可以确切知道他愿意不愿意当她的哥哥了,他曾经在森林的飞雪中答应当她的哥哥。

但是等待是多么令人焦急啊,罗妮娅不喜欢把自己关在城堡里。时间是那么悠长,她感到很烦闷,因此有一天她走到很长时间没有去过的拱形地下室。她不喜欢那些破旧的牢房,地下室有一排开凿在山上的牢房。斯卡洛·帕尔确实说过,自从马堤斯城堡变成了绿林山寨以后,那里从来没有关过人,在很久很久以前,君王和强人占据马堤斯城堡的时候关过人。但是当罗妮娅走进异常寒冷的地下室时,她仍然感到很早以前死在地下室的囚徒们的苦难和哀叹仍然留在山墙上,因此她觉得很不舒服。她用牛角灯照着漆黑的牢房,那些再也见不到阳光的可怜囚徒曾经绝望地坐在那里。她默默地站了一会儿,为曾经发生在马堤斯城堡的暴行忧伤。她把狼皮袄裹紧,继续沿着牢房的地下通道往前走。这条通道穿过整个城堡的地下部分。她

和斯卡洛·帕尔在这里走过,是他告诉她,在她出生的那天夜里惊雷不仅劈开了地狱缝,还把地狱缝底下的山也劈开了,因此这条地下通道也从中间断开,里边填满了石头。

"此路不通,到此停步。"罗妮娅说,和斯卡洛·帕尔上次跟她来的时候说的话完全一样。

但是后来她就开始思索了。她知道在乱石堆的另一边,通道一定继续延伸,斯卡洛·帕尔过去也讲过。乱石堆一直使她生气,因为她不能往远处走了,现在她就更生气了。因为说不定毕尔克这时正在乱石堆的另一面呢!

她站在那里一边思索,一边看着下面的石堆。最后她想出一个好主意。

后来有很长一段时间人们在石头大厅里很少见到罗妮娅。每天早晨她都不在,谁也不知道她到哪里去了,不论是马堤斯还是洛维丝都没有留意她待在哪里。他们以为她像其他人那样在外面扫雪,此外他们对罗妮娅自由地来来去去已经习惯了。

但是罗妮娅没有扫雪。她在地下室搬石头,胳膊和腿都搬得痛了起来。每天晚上她疲倦地躺在床上的时候,她都发誓,这一辈子再也不搬石头了,不论是大石头还是小石头。但是第二天不等天亮,她又跑到地下室去了。她在那里像疯子一样一桶接一桶地装石头。她真恨堆在那里的石头,它们要是自己能熔化掉就好了。但是石头没有熔化掉,它们还待在那里,她不

得不一桶一桶地把它们运走，倒在附近的牢房里。

但是有一天，当牢房装满石头的时候，乱石堆不那么高了，罗妮娅用些力气就可以爬到对面去，如果她有勇气的话。罗妮娅感到她必须考虑考虑。她有勇气直接走到波尔卡山寨吗？她在那里会遭遇到什么？她不知道，不过她知道她处在危险的道路上。但不去寻找一条到毕尔克身边的路比什么都危险，她想念他。她为什么这样想念他？她自己也不明白！她过去讨厌他，希望他和所有的波尔卡强盗都见鬼去。她站在那里，此时此刻唯一想的事情就是到石头堆的另一边去，看看能不能找到毕尔克。

这时候她听到声音。有人从对面走来，她听到了脚步声。除了波尔卡强盗还能是谁呢？她屏住呼吸，不敢动一下。她静静地站在那里听动静，她想在对面那个人发现她之前走掉。

这时对面的人吹起了《波尔卡绿林好汉》的口哨！这是一首很短的歌曲。她好像过去听到过，对，她过去确实听到过！当毕尔克上次从小人熊的地窝里往外拉她的时候，他就吹这首歌曲的口哨。是毕尔克站在她的近旁呢，还是所有波尔卡强盗都会吹这首歌曲的口哨？

她急切地想弄明白，但是她不能问，那是危险的，她必须想别的办法弄明白吹口哨的人是谁。她也吹起口哨来，她轻轻地吹起相同的曲子。这时候对面的人静了下来，静了很长时

间，真让人觉得难受。如果那个陌生的波尔卡强盗突然爬过石头堆来打她，她就准备从那里立即跑掉。

但是这时候她听到了毕尔克的声音。那声音犹犹豫豫，好像他不敢相信眼前的事情。

"罗妮娅？"

"毕尔克，"她喊叫着，她简直高兴死了，"毕尔克，啊，毕尔克！"

后来她沉默了。最后她说：

"你真的愿意当我的哥哥？"

她听到他在石头堆那边笑。

"好妹妹，"他说，"我喜欢听你的声音，但是我更想看看你。你还像过去一样长着黑眼睛吗？"

"请你过来看吧。"罗妮娅说。

再多的话她来不及说了。因为这时候她听见背后有人走过来，她吓坏了，不能再讲下去。她听见地下室沉重的大门开了，然后又咚地一声关上了，有人从台阶上走下来。啊，有人来了，如果她不赶快想办法就会前功尽弃！毕尔克也完蛋了！她听到那脚步声越来越近。那人沿着长长的通道径直朝她这边走来。她听着，心里知道这意味着什么，然而她仍然愣愣地站在那里。直到都快来不及了，她才灵机一动，很快地对毕尔克低声说：

"明天!"

然后她转过身来朝走过来的那个人迎了过去。不管来人是谁,她都不能让他看见她在塌陷的地方搬过石头的场面。

来人是斯卡洛·帕尔,当他看见她的时候,他高兴起来。

"我找的正是你,"他说,"我的天啊,你在这儿做什么?"

罗妮娅赶快用手搀住他,让他转身往回走,再晚一会儿就坏事了。

"我可不想一天到晚老是扫雪。"她说,"我们走吧,我想离开这儿。"

她确实想离开这儿!直到这个时候她才明白,她做了一件什么事。她打开了一条通向波尔卡山寨的道路,马堤斯也会知道这样做!他虽然不像一只老狐狸那样狡猾,但是他肯定知道这里确实有一条路可以通到波尔卡山寨。罗妮娅想,他可能很早就考虑到了。不过她高兴的是,他并没有这样做。真奇怪,她已经不愿意把波尔卡强盗赶出马堤斯城堡了。为了毕尔克,一定要允许他们待在那里。不能把毕尔克赶走,如果她能够阻止的话,任何人也不得通过她开的路进入波尔卡山寨。因此她必须想方设法不让斯卡洛·帕尔想一些不必要的问题。他从她身边走过的时候,样子有点儿诡秘,尽管他平时就是这副样子。人们都说他是百事通。但是不管怎么样,罗妮娅这次比他还狡猾。她的秘密没有被他发现,至少现在还没有被发现。

"当然，当然，谁也不愿意老是扫雪。"斯卡洛·帕尔附和着说，"但是掷骰子可以日夜不停。你说对不对，罗妮娅？"

"掷骰子可以日夜不停，特别是现在。"罗妮娅一边说一边用力搀扶着他爬上地下室的高台阶。

她和斯卡洛·帕尔掷骰子一直掷到洛维丝唱《狼之歌》，但是她的脑子里一直想着毕尔克。

明天！这是那天晚上她睡觉前想的最后一件事。明天！

第七节

早晨到了,她将去和毕尔克约会。她要赶快走,她只能利用其他人早晨都忙自己的事而只有她一个人待在石头大厅的那一刻。斯卡洛·帕尔随时可能出现,她必须避开他那没完没了的提问。

"我到地下室也可以吃早饭,"她想,"因为在这里我实在不能安下心来吃饭。"

她匆匆忙忙把面包装到皮囊里,把羊奶倒进木头瓶子里。她走到拱形地下室,没有任何人看见。她很快就到了石头塌下去的地方。

"毕尔克!"她喊,她真担心他不在那里。石头堆后面没人回答,她失望得快要哭了。想想吧,他不来怎么办呢?他可能早把这件事忘了,如果他反悔了就更坏了。她是属于马堤斯家族的,是波尔卡家族的敌人,他大概无论如何不想和这样一个人打交道。

这时候有人在她的后边揪她的头发，她吓得叫了起来。一定是斯卡洛·帕尔又偷偷地来了，一切全完了！

但是来的人不是斯卡洛·帕尔，是毕尔克。他站在那里笑着，他的牙齿在黑暗中闪着光。在微弱的牛角灯光下，她看不见他别的地方。

"我已经等了很久。"他说。

罗妮娅感到由衷的高兴。啊，她有了一个哥哥，他为了她在这里等了很久。

"可是我呢？"她说，"我从小人熊地窝里爬上来以后就一直在等你。"

接着有很长一段时间，他们都不知道说什么，只是在那里默默地站着，但是他们为相会感到兴奋。

毕尔克把羊油蜡烛一直举到她的脸跟前。

"你的黑眼睛还在，"他说，"你还跟过去一样漂亮，就是脸色有点儿苍白。"

直到这个时候，罗妮

娅才发现毕尔克跟她记得的样子不一样了。他身子变得单薄了，脸消瘦了，眼睛显得大了。

"你病了吗？"罗妮娅问。

"没有。"毕尔克说，"但是我吃得很少，不过我还是比波尔卡山寨里其他的人吃得多。"

过了一会儿，罗妮娅才明白他说的意思。

"你是说你们没有饭吃？你们都不能吃饱？"

"已经有很长时间我们谁也没吃饱过，我们所有的食物都快吃完了。如果春天还不快来，我们真的要见鬼去了，就像你过去说的那样，你还记得吗？"他一边说一边又笑了。

"那是过去。"罗妮娅说，"那时我还没有哥哥，但是现在我有了一个。"

她打开皮囊，递给他面包。

"你饿就吃吧。"她说。

这时候出现了一种奇怪的声音，就像毕尔克发出的小声喊叫。他两手各拿一块粗面包狼吞虎咽地吃起来，就好像罗妮娅不在那里，就他一个人和面包在一起，直到他把最后一块面包吃下去。这时候罗妮娅把羊奶瓶子递给他，他把瓶口塞进嘴里，一口气把羊奶喝光。

然后他不好意思地看着罗妮娅。

"你自己没东西可吃了吧？"

"我家里还有,"她说,"我现在不饿。"

她看到洛维丝在仓房里储藏着很多吃的,有美味的面包、羊奶奶酪、羊奶黄油、鸡蛋,整罐的腌制品,挂在屋顶上的熏羊肉,整缸的面粉、麦片和豌豆,整坛的蜂蜜,整篮的榛子和洛维丝采集的大袋子大袋子的野菜和树叶。她有时给大家做的鸡汤就加上野菜和树叶。罗妮娅一想起这种鸡汤味道有多鲜,马上就感到饿了。在冬天他们一般都吃腌和熏的食品,如果这类东西吃完了,他们就吃加野菜和树叶的鸡汤。

但是毕尔克那里没吃的,她不知道为什么。他必须给她解释。

"你知道我们现在是贫穷的绿林。在我们来到波尔卡山寨之前,我们也有绵羊和山羊。现在我们只有马了,我们把马寄养在离波尔卡森林很远的一位农民家里。多亏如此,不然在这种情况下我们恐怕连马也吃了。我们有过一些面粉、大头菜、豌豆、腌鱼,但是现在快吃完了。唉,这个冬天我们可受罪了!"

罗妮娅觉得毕尔克受苦,饿得面黄肌瘦,好像是她和马堤斯的过错。不过毕尔克高兴地笑着。

"啊,贫困的绿林,确实是这样!你没有感到我身上的味儿很难闻吗?"他笑着说,"我们几乎没有水。我们不得不化雪,因为有时候我们无法到森林去凿开冰雪封冻的河流。即

使取了水，我们还要在风雪中背着水桶爬绳梯。你试过吗？啊呀，如果你试一试就明白有多难了，也就明白我身上为什么像一个地道的绿林那样难闻了。"

"我们那里的绿林弟兄也有这种味道。"罗妮娅安慰他说。她自己身上是香的，因为洛维丝每个星期六晚上都在火炉前的木盆里给她洗澡，每个星期日早晨给她和马堤斯用篦子篦虱子。尽管马堤斯不愿意篦虱子，抱怨洛维丝夹了他的头发，但是无济于事，洛维丝还是要给他篦。

"十二个头发乱七八糟、长满虱子的绿林弟兄已经足够了。"洛维丝常说，"只要我还拿得动篦子，我就要拼着命给你这个首领篦虱子。"

罗妮娅仔细打量着站在灯光里的毕尔克。尽管他没有梳过头，但是他的头发仍然光溜溜的，就像铜盔戴在头上一样，他细细的颈脖和平平的肩膀上长着一个漂亮的脑袋。

"他是一个漂亮的哥哥。"罗妮娅想。

"你穷不穷，长虱子不长虱子和脏不脏都没什么，"她说，"但是我不愿意你挨饿。"

毕尔克笑了。

"你怎么知道我长虱子呢？不过你说得对，我确实长虱子了！我当然宁愿长虱子而不愿意挨饿。"

这时候他变得严肃起来。

"啊，挨饿真不好受！不过我无论如何要给温迪斯留一块面包！"

"我大概可以多拿一些来。"罗妮娅若有所思地说，但是毕尔克摇了摇头。

"不行，我不能给温迪斯带回去面包，也不能说出面包是从哪儿来的。如果波尔卡知道面包是你给的，我还成了你的哥哥，他肯定要气疯了。"

罗妮娅叹息着。她很清楚，波尔卡肯定讨厌马堤斯城堡的人，就像马堤斯讨厌波尔卡的人一样。天啊，对她和毕尔克来说，没有一件顺心的事！

"我们只能偷偷地约会？"她伤心地说。毕尔克赞同她的想法。

"只能这样！不过我最讨厌偷偷摸摸地做事。"

"我也是这样。"罗妮娅说，"我觉得陈年咸鱼和漫长的冬季是最讨厌的，但是偷偷摸摸地干事情更使人讨厌，这样做真愚蠢。"

"可是你不也这样做了吗？这都是为了我吧？春天来了就好了。"毕尔克说，"那时候我们就可以在森林里见面，省得在这个冰冷的地下室里。"

他俩冻得上牙打下牙。最后罗妮娅说：

"我一定要走了，不然我就冻死了。"

"明天你还来吗？看你长虱子的哥哥？"

"我明天带篦子和其他东西来。"罗妮娅说。

她说到做到。整个冬季的清晨她都在拱形的地下室和毕尔克约会，从洛维丝的仓房里拿东西给他吃。

毕尔克有时对拿她的礼物感到不好意思。

"我觉得我好像偷你们的东西似的。"他说。

但是罗妮娅对他说的话一笑。

"我不是一个绿林女儿吗？为什么我不能抢东西呢？"

此外罗妮娅也知道，洛维丝仓房里的东西有很大一部分是过去从过往森林的富商那里抢来的。

"一个绿林拿人家的东西不需要得到许可，这个道理我差不多已经领会了。"罗妮娅说，"我现在是学以致用。你只管吃好了！"

每天她还给他一包面粉和一包豌豆，让他偷偷地倒在温迪斯仓房的缸里。

"为了保住波尔卡绿林的生命，我已经尽了最大努力。"罗妮娅想，"如果马堤斯知道了，我就倒霉了！"

毕尔克非常感激她的慷慨。

"温迪斯对缸里吃不完的面粉和豌豆感到很惊奇，她相信一定是神仙送来的。"毕尔克一边说，一边又像平常那样甜蜜地笑了。他现在已经恢复原来的样子，再也没有贪馋的目光

了,这使罗妮娅感到欣慰。

"谁知道呢?"毕尔克说,"我母亲可能是对的。因为你的样子就像一个小神仙,罗妮娅!"

"不过我不让人觉得可怕。"罗妮娅说。

"对,我从来没有见过像你这样善良的人!你多次救了我的命啊,好妹妹!"

"你也多次救过我的命。"罗妮娅说,"我俩是互相帮助,我心里明白。"

"对,是这样。"毕尔克说,"马堤斯和波尔卡愿意怎么想就怎么想去吧。"

不过马堤斯和波尔卡对他俩的事什么也没有想过,因为他们根本不知道哥哥和妹妹在地下室私下约会的事。

"你现在吃饱了吗?"罗妮娅问,"我这次带来了篦虱子的篦子。"

她像举着武器一样拿着篦子朝他走去。贫穷的波尔卡绿林连一把篦子都没有。不过这样更好!因为这样她才有机会用手去摸他光溜溜的头发,她很喜欢这样做。她经常给他篦头发,说实在话,有时候确实是多余的。

"我早已没有虱子了,"毕尔克说,"我觉得你在白费力气。"

"让我看看再说。"罗妮娅一边说,一边用力篦他的头发。

严冬渐渐变暖,雪也开始融化了。有一天阳光灿烂,洛维丝把绿林弟兄都赶到雪里,让他们在雪中洗掉身上的污秽。他们死活不愿意。福尤索克说这样做会把身体搞坏,但是洛维丝坚持自己的意见。她说,如果每一个绿林都在雪中洗一洗,冬天的秽气就会消除。她不由分说把他们统统赶进雪地里。很快,他们就光着身子,在野狼关下边盖满积雪的山坡上打起滚儿来。他们大声地叫着,心里咒骂洛维丝残酷无情。不过他们还

是照她说的洗着身上的泥,他们不敢违抗。

只有斯卡洛·帕尔始终拒绝在雪地里打滚儿。

"死,我倒可以,"他说,"不过我想带着我身上的泥去死。"

"不洗就不洗吧。"洛维丝说,"不过在你死之前,起码要把那十几只野公羊的头发和胡子剪一剪。"

斯卡洛·帕尔说他愿意承担这个工作。他是给绵羊和小羊剪毛的能手,所以他给哪一位绿林弟兄剪头发和胡子都不成问题。

"但是我的两小绺头发用不着剪。我漂亮不漂亮没关系,因为我很快就要入土了。"他一边说,一边满意地摸着自己的秃脑袋。

这时候马堤斯用自己的大手把他从地板上高高地举起来。

"你可别死!没有你我一天也不能在人间生活。老伙计,你千万不能离开我去死,这一点你比谁都明白。"

"小伙子,那就听天由命了。"斯卡洛·帕尔带着满意的口气说。

下午洛维丝在院子里洗绿林弟兄们发臭的衣服。在衣服没干之前,他们自己到藏衣服的房子里去找别的衣服穿。那里的衣服都是马堤斯的祖父抢来的。"一个正常的人怎么能穿这些衣服呢?"福尤索克想,他犹犹豫豫地穿上一件红衬衣。对他

来说，这件衣服还差不多。但是等到克努塔斯和里尔·克里奔来的时候就更糟了，因为男人的衣服没有了，他们只得穿裙子和能挂袜带的女内衣。他们显得很不高兴，不过马堤斯和罗妮娅倒觉得很有意思。

洛维丝为了使绿林弟兄高兴，这天晚上做了鸡汤。他们坐在长桌子旁边一个个噘着大嘴。身上洗干净了，头发和胡子剪过了，简直认不出他们来了，他们身上的味道也不一样了。

但是当他们闻到洛维丝做的鸡汤发出的扑鼻香味时，他们就不噘嘴了。他们很快吃完饭，然后像往常那样，又唱歌又跳舞，不过比过去文明一些。特别是克努塔斯和里尔·克里奔没有胡蹦乱跳。

第八节

春天来了,春天好像在马堤斯城堡周围的森林上空雀跃欢呼。积雪融化了。雪水从大小山坡上流下来,汇合成急流,然后注入一条大河。大河奔腾咆哮,它与大小溪流和瀑布引吭高唱春天的歌。罗妮娅每天倾听着春天的歌声进入梦乡。漫长、可怕的冬天过去了,野狼关的雪早已消融,那里形成一条湍急的小河。当清晨马堤斯和他的绿林弟兄骑着马经过那座狭隘的关口时,河水哗哗地拍打着马蹄。绿林弟兄唱着歌、吹着口哨通过野狼关奔驰向前,美妙的绿林生活终于又开始了!

罗妮娅也将去她向往已久的森林。她本来应该在冰化雪消以后就去那里,看看她的土地上发生了什么变化。但是马堤斯就是不让她出门。他说初春的森林充满危险,直到他要和绿林弟兄出去,才把罗妮娅放出来。

"现在你可以出去了。"他说,"你可要小心,掉进任何一个可怕的小水坑都会把你淹死。"

"我看掉进去好，"罗妮娅说，"这样你就有话可唠叨了。"

马堤斯伤心地看着她。

"我的罗妮娅呀。"他叹息着，然后跨上马，带着绿林弟兄沿着山坡出发了。

最后一匹马的马屁股刚刚走过野狼关，罗妮娅就出发了。当她蹚过冰冷的河水时，她又唱歌又吹口哨。然后她就跑呀，跑呀，一直跑到森林里的湖泊跟前。

毕尔克已经在那里，他如期赴约。他躺在阳光下的一块石板上。罗妮娅不知道他是不是睡着了，她捡起一块石头扔到水里，试一试他能不能听到溅起的水声。他听到了，爬起来朝她走过去。

"我已经等好久了。"他说。罗妮娅再次为有一个哥哥在那里等她而自豪。

她置身于春天的森林里。她的周围处处是美好的

春天,她的身心都沉浸在春天里,她像一只鸟一样高声地欢叫着,她告诉毕尔克:

"我一定要对着春天欢叫,不然我就要憋死了。听啊,你肯定听到春天的歌声了!"

他们静静地站了一会儿,倾听着森林里的鸟儿歌唱,树木沙沙作响,昆虫鸣叫,溪水潺潺。漫山遍野的树木,数不尽的大小溪流,种类繁多的绿色树丛,它们都从冬眠中醒来,森林里到处回荡着春天健康、粗犷的歌声。

"我站在这里好像感到冬天从我身上流走了,"罗妮娅说,"很快我就轻盈得可以飞起来了。"

"那就飞吧!森林外面肯定有很多人面鹰身女妖在飞翔,你快去跟她们一起飞吧。"

罗妮娅笑起来。

"好,你得先看看我怎样才能飞。"

这时她听到了马的叫声。一群野马长嘶着朝河岸跑来,她连忙说:

"走!我很想逮一匹野马。"

他们跑过去,看见几百匹野马披着长鬃从森林里跑出来,马蹄嘚嘚地踏在地上。

"一定是熊或者狼把它们吓惊了,"毕尔克说,"不然它们为什么这样害怕呢?"

罗妮娅摇着头。

"它们不是害怕,它们只是想把冬天跑掉。它们跑累了就该吃草了,那时候我就逮一匹带到马堤斯城堡去,这件事我已经想了很久了。"

"你把马带到马堤斯城堡做什么?你应该在森林里骑。我们可以逮两匹在这里骑,对吗?"

罗妮娅考虑了一会儿,然后说:

"我发现波尔卡家族的人也很有头脑。就照你说的办!走,我们去试试!"

她解下自己的皮绳。现在毕尔克也有了这样的皮绳。他们拴好套索,然后藏在林间草地旁边的一块大石头后面,野马经常在附近吃草。

他们等在那里无事可做。

"我觉得坐在这里看着春天就是一种享受。"毕尔克说。

罗妮娅深情地看着他,并小声说:

"你这样说我就喜欢你了,毕尔克·波尔卡松!"

他们长时间静静地坐在那里享受着春天。他们看见画眉和杜鹃嬉戏鸣叫,在整个森林,人们都可以听见它们的叫声。在离他们几步远的地方,狐狸在窝边跑来跑去;松鼠在松树冠上跳来跳去;他们看见野兔从长满苔藓的地上走过来,然后消失在树丛中。在不远的地方,一条很快就要孵出小蛇的母蝮蛇安

静地盘在阳光里。他们不打扰它,它也不打扰他们。春天是属于大家的。

"你说得对,毕尔克,"罗妮娅说,"为什么我要把马从属于它的森林拉走呢?但是我想骑它玩,啊,现在时机到了。"

林间草地上突然站满了野马。它们一边悠闲地走着,一边吃着新鲜的青草。

毕尔克指着离开马群有一段距离的一对美丽的棕色小野马说:

"你看,那一对怎么样?"

罗妮娅点了点头。他们手里拿着准备好的套马索挨近那两匹就要被逮住的马。他们从后面慢慢地、轻轻地走过去,越来越近,越来越近。这时候罗妮娅的脚绊断了一根小树枝,整个马群都吃了一惊,它们准备逃跑。但是它们什么危险的行迹也没有看到,没有熊,没有狼,没有山猫或其他敌人,它们又安静下来吃草。

毕尔克和罗妮娅选中的那两匹马也吃起草来。这时他们已经走到能套住马的距离内。他俩互相点头示意,然后两条绳索同时飞出去。转眼间就听到两匹被套住的马拼命嘶叫和用蹄子刨地的声音,其他的马闻风而逃。

他们逮住的是两匹小公马。当毕尔克和罗妮娅要把这两匹野蛮的小马拴在树上的时候,它们又踢又刨,又咬又叫,挣扎

着要逃走。

最后他们还是成功地把马拴好了,然后跳到马蹄子踢不到的地方。他们喘着粗气,站在那里看着马乱踢乱蹦,两匹马直到嘴里吐白沫才安静下来。

"我们将来要骑它们,"罗妮娅说,"一开始它们可能不让骑。"

毕尔克也明白这个道理。

"我们先要让它们知道,我们不会伤害它们。"

"我早试过了。"罗妮娅说,"我拿一块面包去喂过,如果不是我手疾眼快,我会挂着两根断手指回到马堤斯身边。他

见了肯定会不高兴。"

毕尔克气得脸色发白。

"你的意思是说,当你给那个'恶棍'面包吃的时候,它想咬你?真想咬你吗?"

"去问它好了。"罗妮娅生气地说。

她沮丧地看着那匹继续乱蹦乱跳的野马驹。

"'恶棍',这个名字倒不错,"她说,"我就叫它'恶棍'。"

毕尔克笑了。

"那你也给我的马取个名字吧!"

"好吧,它也一样粗野,"罗妮娅说,"你就叫它'野蛮'吧。"

"你们听着,野马,"毕尔克高声说,"我们现在给你们起了名字。你们分别叫'恶棍'和'野蛮',不管你们愿意不愿意,你们都是属于我们的了。"

"恶棍"和"野蛮"看来都不愿意。它们用力挣扎和咬皮绳,累得浑身淌汗,但是仍然又踢又蹦。它们野蛮的嘶叫声把周围的动物和飞鸟都吓坏了。

但是白天过去了,夜晚来临了,它们渐渐疲倦了。最后它们耷拉着脑袋静静地站在树边,只是偶尔伤心地叫一两声。

"它们大概渴了,"毕尔克说,"我们一定要给它们一点儿

水喝。"

他们从树上解开已经有点儿听话的马,把它们牵到湖边去。松开皮绳,让它们喝水。它们喝了很长时间,然后安静、满意地站着,迷惘地看着毕尔克和罗妮娅。

"我们总算征服了它们。"毕尔克满意地说。

罗妮娅抚摸着自己的马,深情地看着它,并且对它说:

"我已经说过要骑你,那我一定要骑,你懂吗?"

她紧紧抓住马鬃,飞身骑到马背上。

"怎么样,'恶棍'?"她说。转眼间她被马头朝下摔进湖水里。当她浮出水面时,正好看见"恶棍"和"野蛮"长嘶着

躲进树林中。

毕尔克把手伸给她,然后把她拉上岸。他既没有说话,也没有看她一眼。罗妮娅从水里爬出来也没说话。她把身上的水抖掉,然后高声笑着说:

"我今天不想再骑了!"

这时毕尔克也笑着说:

"我也不骑了!"

夜来了。太阳落山,晚霞升起,春天的夜晚只是给树木之间蒙上一层神秘的色彩,从不变得漆黑一团。森林里静悄悄的,画眉和杜鹃的叫声听不见了,小狐狸钻进了地洞,小松鼠和小野兔回到自己的窝里,母蝮蛇盘在石头底下。除了远处一只母猫头鹰凄厉的叫声以外,别的什么也听不见,过了一会儿它也不叫了。

整个森林都好像沉睡了。但是森林里的夜生活渐渐地开始了。生活在那里的夜间动物开始活动起来,有的在草丛中沙沙地爬,有的在地衣上钻来钻去,小人熊在树木之间跑来跑去。满身长毛的夜魅从藏身的地方成群结伙地爬出来,它们用沙哑的声音呼叫着,企图把它们路过的地方的一切动物都吓跑。人面鹰身女妖从高山盘旋而下,她们是森林里夜间最凶恶、最疯狂的动物,她们漆黑的身体与明亮的春天夜空形成鲜明的对

比。罗妮娅看见她们了,她非常讨厌她们。

"真没意思,这里一下子来了这么多妖魔鬼怪!我现在想回家了,我浑身摔得青一块、紫一块的。"

"你身上是青一块、紫一块的,"毕尔克说,"不过你一整天都享受着春天。"

罗妮娅意识到她在森林里待的时间太长了。当她和毕尔克分手的时候,她竭力思索着如何让马堤斯相信,她是因为喜欢春天才回家这样晚。

但是当她走进石头大厅的时候,不论是马堤斯还是其他人都没有在意。他们正为其他的事情而焦虑。

在炉子前的一床被子底下躺着斯杜卡斯,他脸色苍白、双眼紧闭。洛维丝跪在他旁边给他脖子上的伤口裹绷带。其他所有的绿林弟兄都沮丧地站在周围看着,只有马堤斯像一只愤怒的熊在地板上走来走去。他高声叫骂着:

"啊,波尔卡坏蛋!波尔卡强盗!啊,这些土匪!我要一个一个收拾他们,让他们永世也不能再动一下。啊,啊!"

然后他就想不出其他的词儿了,只是又喊又叫,直到洛维丝严厉地向他指了指斯杜卡斯以后他才不吭声了。这时候他才明白,可怜的斯杜卡斯禁不住他大喊大叫,于是他不得不沉默下来。

罗妮娅知道现在不是和马堤斯说话的好时机,最好去问斯

卡洛·帕尔出了什么事。

"像波尔卡这样的人就得绞死。"斯卡洛·帕尔说。然后他讲了事情的经过。

"马堤斯和我们的绿林弟兄趴在绿林走廊旁边,监视着过往的行人。"斯卡洛·帕尔说,"真巧,这时候走过来很多商人,他们带着大包东西,有各种商品,还有皮货,此外还有一大笔钱。他们没有进行反抗,因此东西全被我们抢了。"

"当时他们没有生气吗?"罗妮娅不高兴地问。

"你猜吧!他们又骂又叫,还直跺脚,他们很快离开那里。我相信他们会到官府报案。"

斯卡洛·帕尔微笑了。但罗妮娅认为没什么值得笑。

"你猜后来发生什么了?"斯卡洛·帕尔继续说,"当我们刚好把所有的东西装在马背上准备回家的时候,波尔卡和他那伙人来了,要见面分一半儿。他们向我们射箭,这群恶棍!斯杜卡斯的脖子上中了一箭。我们当然要回击。哦哟哟,他们的人也有两三个被射伤,伤得像斯杜卡斯一样重。"

马堤斯走过来,正好听见最后一句,他气得咬牙切齿。

"等着瞧吧,这不过是开头,"他说,"我一个也不会饶过他们。到目前为止,我一直忍耐着,但是现在该是结束所有波尔卡强盗狗命的时候了。"

罗妮娅感到很生气。

"如果马堤斯绿林弟兄的生命也完了呢？你想过没有？"

"我没有想过，"马堤斯说，"因为不会发生这样的事情。"

"这方面的事你想得太少了。"罗妮娅说。

然后她就走过去，坐在斯杜卡斯的身边。她把手放在他的前额上，试试他发烧不发烧。他睁开眼睛看着她，这时候他微笑了。

"我没有垮。"他说，但是声音很微弱。

罗妮娅把他的手放在自己的手上。

"对，斯杜卡斯，你没有垮。"

她坐在那里，长时间握着他的手。她没有掉眼泪，但是她的内心悲伤地哭着。

第九节

斯杜卡斯因为受伤发了三天高烧。他的伤势很重，处于半昏迷状态。但是洛维丝会多种医术，她像母亲一样精心护理他。出乎大家的意料，第四天他就能起床了，只是腿有些发软，其他方面都很正常。箭头射中他脖子上的一根筋，当伤痊愈以后，这根筋收缩了很多。因此斯杜卡斯的头朝一边歪着，他的样子看起来让人觉得有点儿不舒服，但是他仍然像以往一样勇敢、乐观。所有的绿林弟兄对他能活下来感到十分高兴。当他们让他做什么事的时候，就喊他"歪脖子"，这不过是开开玩笑，斯杜卡斯并没有因此意志消沉。

意志消沉的只是罗妮娅。马堤斯和波尔卡的不和使她的日子越来越不好过。她原来以为这种敌对情绪会渐渐消失，谁知现在反而加深和变得更危险了。每天早晨当马堤斯和其他的绿林弟兄骑着马通过野狼关的时候，她都在想他们之中有多少人会带着伤回家，只有晚上当大伙儿一个不差地坐在长桌子旁边

的时候,她的心才放下来。但是第二天早晨她又重新不安起来。她问自己的父亲:

"你和波尔卡为什么要互相残杀?"

"问波尔卡去吧。"马堤斯说,"是他先放的第一箭,斯杜卡斯会告诉你。"

洛维丝最后也忍不住了。

"孩子都比你聪明,马堤斯!不要互相残杀和折磨了,这样下去有什么好处?"

当马堤斯听到罗妮娅和洛维丝都在反对自己的时候,他生气了。

"有什么好处?"他喊叫着,"有什么好处?好处就是使波尔卡最终滚出马堤斯城堡!明白吗?你们这些头发长、见识短的女人!"

"那就非要刀枪相见、两败俱伤才肯罢休?"罗妮娅问,"没有其他的办法吗?"

马堤斯生气地看着她。和洛维丝为这件事吵几句还没什么,可是罗妮娅也不支持他,他忍不住发火了。

"你有本事,去找别的办法!你去叫波尔卡离开马堤斯城堡!然后让他像一只臊狐狸那样老老实实地躺在森林里,他的那群狗强盗也待在那里。那我就不理他们了。"

他把话停住,思索了一会儿,然后嘟囔着说:

"如果我不把波尔卡打死，绿林弟兄可能要叫我孬种！"

罗妮娅每天在森林里和毕尔克相会，这对她是一种安慰。但是现在她不能再无忧无虑地享受春天了，毕尔克的心情也是一样。

"连我们的春天也被破坏了，"毕尔克说，"被那两个没有理智的顽固首领破坏了。"

罗妮娅认为，马堤斯已经变成了一个没有理智的又老又倔的首领，他真使人感到伤心。马堤斯是她在森林里的最大保护者，为什么如今她有苦衷时却转向毕尔克呢？

"唉，如果没有你当我的哥哥，"她说，"那我真不知道该……"

他们坐在湖边，四周是春天的美景，但是他们好像没有看见。

罗妮娅思索着。

"如果你不当我的哥哥，我大概也就不关心马堤斯要打死波尔卡这件事了。"她一边看着毕尔克，一边笑，"都是因为你，我才有这么多伤心事！"

"我也不愿意你伤心，"毕尔克说，"我不是也一样吗？"

他们长时间坐在那里，心里很难过，但是他俩在一起总可以得到安慰，当然高兴是谈不到的。

"夜晚来临的时候，真不知道谁活着回来和谁被打死了。"

罗妮娅说。

"现在还没有死人,"毕尔克说,"这是因为官兵又开始在森林里扫荡了。马堤斯和波尔卡顾不得互相残杀。他们忙着躲避官兵。"

"对,是这样,真运气。"罗妮娅说。

毕尔克笑了。

"啊,官兵来抓人反倒成了好事,谁能相信呢?"

"危险还是有的。"罗妮娅说,"我们可能每天都有危险,你和我。"

他们一边走,一边看野马吃草。"恶棍"和"野蛮"也混在马群里。毕尔克朝它们吹口哨。它们抬起头来,好像在想什么,然后又安静地吃草,似乎这不是它们关心的问题。

"你俩是坏蛋,"毕尔克说,"别看你们走在那边好像很驯服。"

罗妮娅想回家了,那两个倔脾气的老首领使得她没心思再待在森林里。

像往常一样,罗妮娅和毕尔克在离野狼关和所有的绿林小道很远的地方就分手了。他们知道马堤斯经常骑着马走在哪里,也知道波尔卡的秘密小路在哪里,然而他们还总是担心有人看见他们在一起。

罗妮娅让毕尔克先走。

"明天见!"他说。然后他跑了。

罗妮娅站在那里看了一会儿刚生下来的小狐狸。它们蹦呀,跳呀,看起来非常有意思。但是她没有心思看下去,她很悲伤,觉得自己再也不能像过去那样无忧无虑地生活在森林里了。

她朝家走去,不一会儿就到了野狼关。尤恩和里尔·克里奔在那里站岗,他们显得比平时高兴多了。

"赶快回家,你会看到发生什么事了。"尤恩说。

罗妮娅好奇起来。

"从你们的神态就可以看出一定是好事。"

"对,你说得不错。"里尔·克里奔微笑着说,"你自己去看吧。"

罗妮娅开始跑,她确实需要看一些好事情。

她很快就到了紧闭着的石头大厅门前,她听见马堤斯在里边高兴地笑着。马堤斯洪亮的笑声温暖着她的心,驱散了她的一切烦恼。

她很想知道,什么事情使马堤斯这样高兴。

她急切地走进大厅。马堤斯一看见她就跑了过来,用双手抱住她。他把她举到空中,然后转个不停,他高兴得快要发疯了。

"我的罗妮娅,"他喊叫着,"你说得对,不需要流血、

厮杀。我相信波尔卡会立即滚蛋,比他放早晨第一个屁还要快。"

"怎么回事?"罗妮娅问。

马堤斯用手指着说:

"看那里!看我刚才亲手收拾谁了!"

大厅里站满了兴奋的绿林弟兄,他们又跳又叫,所以一开始罗妮娅没有看见马堤斯指的是什么。

"懂了吧,我的罗妮娅?我只要这样对波尔卡说就够了:'你是要待在这里还是要走?你想要回你的小崽子还是不要?'"

这个时候她才看见毕尔克。他躺在远处的一个角落里,手和脚都被捆着,前额上带着血,眼神中充满了绝望。在他周围,马堤斯的绿林弟兄高兴得又跳又叫:

"喂,你这个小波尔卡松,什么时候回到你父亲那里去?"

罗妮娅尖叫一声,愤怒的泪水夺眶而出。

"你不能这样做,"她喊叫着,她握紧拳头朝马堤斯没头没脑地打过去,"你这个坏蛋,你不能这样做!"

马堤斯咚的一声把她抛在地上,这时候他不笑了,他气得脸色发白。

"是我的女儿说我不能这样做吗?"他用威胁的口气问。

"我告诉你,"罗妮娅高声说,"你可以抢劫。抢钱和抢东西,抢什么破东西都行,但是你不能抢人。你要是抢人,我就不当你的女儿了!"

"谁说是抢人?"马堤斯说,他的声音都变了,"我逮了一个小坏蛋,一条偷东西的小狗,我将最终把他们从我祖先留给我的城堡里清除出去。你想当我的女儿还是不想当,由你挑。"

"呸!"罗妮娅叫着。

斯卡洛·帕尔赶紧过来劝架,因为这时候他很担心出事。他从来没有见过马堤斯的脸色变得这样铁青和吓人,这使他很不安。

"能这样和父亲讲话吗?"斯卡洛·帕尔一边说一边拉住罗妮娅的手,但是她挣脱开了。

"呸!"她又喊了一句。

马堤斯装作没听见她在说什么,就好像她已经不在他的身边一样。

"福尤索克,"他用同样可怕的声音说,"到地狱缝给波尔卡送个信,告诉他明天太阳一出来我就想见他。告诉他,一定要来!"

洛维丝静静地站在那里听着。她眨了眨眼睛,但是没有说话,最后她走过去看毕尔克。当她看见他前额上的伤口时,就取出装草药水的瓷罐,想洗他的伤口,但是这时候马堤斯喊叫起来。

"别用你的手碰那个小坏蛋!"

"不管是不是小坏蛋,"洛维丝说,"伤口总是要洗的!"

伤口洗净了。

这时候马堤斯走过来。他抓住她,把她朝地板上摔去。幸好克努塔斯接住了她,不然她准会撞在床架上。

但是洛维丝哪里肯罢休？因为马堤斯离得远，所以她就打克努塔斯，打得啪啪响。这大概就是他使她避免撞到床架上的报偿。

"所有的男人都滚出去，"洛维丝喊叫着，"你们都滚蛋，因为你们除了做坏事，别的什么也不会做。你听着，马堤斯，你快滚蛋！"

马堤斯瞪了她一眼。谁看到他那个表情都会吓坏，但是洛维丝不怕。她双手叉着腰站在那里，看着他走出石头大厅，后边跟着他的绿林弟兄。马堤斯把毕尔克扛在肩上，毕尔克的红头发垂到眼睛上。

"呸，马堤斯！"沉重的大门在马堤斯身后关上之前，罗妮娅喊叫着。

这一夜马堤斯没有和洛维丝睡在一张床上，洛维丝不知道他睡在哪里。

"我才不为这事操心呢。"她说，"现在我可以在这里任意睡，想横着就横着，想竖着就竖着。"

但是她无法入睡，因为她听见自己的孩子伤心地哭着，孩子不让她走近安慰。整夜罗妮娅都一个人躺在那里，她很长时间都睡不着，她恨自己的父亲，她的肺都要气炸了。但是她很难真正恨起一直非常疼爱她的父亲，因此这一夜成了她心情最沉重的夜晚。

最后她睡着了,但是天刚一亮她就突然醒了。太阳很快就会升起,那时候她一定要到地狱缝去看要发生什么事情。洛维丝想阻止她,但是她不听。她走了,洛维丝在后边默默地跟着她。

马堤斯、波尔卡和他们的绿林弟兄就像过去一样分别站在地狱缝的两边。温迪斯也去了,罗妮娅从很远的地方就听见她又叫又骂,她用最难听的话骂着马堤斯。马堤斯实在忍耐不住了。

"能不能让你的女人安静下来,波尔卡?"他说,"你最好能听一听我要说什么。"

罗妮娅紧贴在马堤斯后边站着,所以他看不见她。她实在无法忍受她听到和看到的一切。毕尔克站在马堤斯身边,他的手和脚不再被捆着,但是脖子上套着一根绳索。马堤斯手里拉着绳索,就好像他拉着一条狗。

"你真是一个狠心的人,马堤斯,"波尔卡说,"一个可耻的人。你想让我离开这里,这一点我知道。但是你用在我孩子身上打主意的办法实现你的梦想,太可耻了!"

"我没兴趣听你对我的看法,"马堤斯说,"我想要知道的是,你要不要离开这里?"

波尔卡沉默了,他气得说不出话来。他长时间静静地站着,最后说:

"我必须先找一个没有危险的容身之地,这可能很困难。但是如果你把儿子交还给我,我保证在夏季结束之前离开这里。"

"好,"马堤斯说,"那我也保证,在夏季之前你能要回你的儿子。"

"我是说现在就把他交还给我。"波尔卡说。

"我说现在你不能要回他。"马堤斯说,"不过在马堤斯城堡有囚室,如果今年夏天雨水多,他不愁没有躲风避雨的地方,这可能对你是个安慰。"

罗妮娅站在那里心如刀割。她的父亲想得多么狠毒,波尔卡必须马上离开马堤斯城堡——这是马堤斯说的,不然毕尔克就要被关在囚室里,直到夏季结束。但是他活不了那么长时间,这一点罗妮娅知道。他会死掉,她永远不会再有哥哥了。

她喜欢的父亲也不会再有了。这也使她很难过,因此她要惩罚他,她为不能再当他的女儿而惩罚他。啊,她多么希望他也将像她一样痛苦,她急切地盼望着她能毁掉他的一切,做出他意想不到的事情。

她一下子就明白了她应该做什么。很久以前她也做过一次,那时候也是生气,但是当时气得不像现在这样厉害。她昏昏沉沉地一跳,飞过了地狱缝。马堤斯在她跳起来以后才发现她,他发出一声尖叫。这叫声就像野兽临死时发出的绝望叫

声，他的绿林弟兄都吓坏了，因为他们从来没有听到过比这更可怕的叫声。他们看着罗妮娅，他们的罗妮娅站在地狱缝的另一边，站在敌人那边。没有比这更坏的事情了，也没有比这更令人费解的事情了。

对波尔卡绿林弟兄来说也不可理解。他们直愣愣地看着罗妮娅，好像天仙落在他们当中。

波尔卡同样感到吃惊，但是他很快恢复了理智。他立刻明白，改变命运的机会来了，马堤斯的女儿来这里帮助他摆脱困

境。她为什么会做出这样不寻常的举动？他也不明白，但是他赶快往她的脖子上套了一根绳子。在他套绳子的时候，他暗暗地笑了。

然后他对马堤斯喊道：

"我们这半边的地下室也有囚室。如果今年夏天雨水多，你的女儿也不愁没有躲风避雨的地方。这对你是个安慰，马堤斯！"

但是马堤斯没有感到有任何安慰。他像一只受伤的熊一样站在那里，他摇晃着沉重的身体，好像这样做可以减轻一点儿痛苦似的。当罗妮娅看到他的时候，她哭了。马堤斯把手里套住毕尔克的绳子扔了，但是毕尔克还站在那里。他的脸色苍白，情绪沮丧。他看着地狱缝对面的罗妮娅，看着她伤心地哭着。

这时候温迪斯走到她的跟前，推了她一下。

"你哭吧！如果我有这样一个坏蛋父亲，我也会哭的！"

但是波尔卡让她躲开，他说用不着她来多嘴。

罗妮娅也曾经管马堤斯叫坏蛋，然而现在她多么希望能够安慰安慰他啊，因为她做了反对他的事情，这使他太伤心了。

洛维丝也想帮助马堤斯，就像他平时处于困境时那样。她现在就站在他的身边，但是他一点儿也没看见她。他什么也没看见。在这个世界上他此时此刻孤单一人。

"喂，马堤斯，你打算还我的儿子还是不还？"

马堤斯站在那里,把身体摇来摇去,就是不说话。

这时候波尔卡吼叫起来:

"你还我儿子还是不还?"

马堤斯总算清醒过来了。

"当然还。"他不以为然地说,"你想什么时候要都行。"

"我现在就要。"波尔卡说,"不是夏季过去以后,而是现在!"

马堤斯点头。

"我已经说了,你想什么时候要都行。"

这件事好像已经跟他没有任何关系了。但是波尔卡带着一丝微笑说:

"同时你可以要回你的孩子。一个换一个,这你是知道的,坏蛋!"

"我没有孩子。"马堤斯说。

波尔卡欢乐的笑容消失了。

"你这是什么意思?你是不是又想出别的鬼把戏?"

"来接走你的儿子。"马堤斯说,"但是你不必把孩子还给我,因为我没有孩子。"

"但是我有孩子。"洛维丝大声叫起来,这叫声把墙顶上的乌鸦都吓跑了,"这孩子我得要回来,你知道吧?波尔卡!现在就要!"

然后她用眼睛瞪着马堤斯。

"尽管孩子的父亲已经发疯了!"

马堤斯转过身来,拖着沉重的步子走了。

第十节

随后几天里，马堤斯没有在石头大厅里露过面，在野狼关交换孩子时他也没有去。是洛维丝去那里接回了自己的女儿。陪同她去的有福尤索克和尤恩，他们带着毕尔克。波尔卡和温迪斯带着自己的绿林弟兄早就在野狼关外面等候了。带着愤怒和胜利情绪的温迪斯一见到洛维丝就禁不住骂起来：

"像马堤斯这样一个抢孩子的强盗，谁都知道他会感到没脸见人！"

洛维丝极力克制自己不回话。她拉过罗妮娅，想一句话不说就带着她离开那里。她一直在想，为什么她的女儿自愿落入波尔卡之手，但是在交换孩子的时候，她开始意识到其中的奥妙。罗妮娅和毕尔克互相看着，好像野狼关和整个世界是属于他俩似的。啊，原来他俩是串通一气的，这一点谁都能看得出来。

温迪斯马上注意到了，她显得很不高兴。

她用力抓住毕尔克。

"你跟她有什么瓜葛?"

"她是我的妹妹。"毕尔克说,"她救过我的命。"

罗妮娅靠在洛维丝身上哭了。

"毕尔克也救过我的命。"她抽噎着说。

但是波尔卡气得满脸通红。

"我的儿子背着我与我仇人的孩子搞在一起!"

"她是我的妹妹。"毕尔克重复着说,并且看着罗妮娅。

"妹妹,妹妹,"温迪斯喊叫着,"哼,谁都知道过几年以后会成什么!"

她狠狠地抓住毕尔克,想把他从那儿拉走。

"别动我!"毕尔克说,"我自己会走,我不让你的手碰我。"

他转过身就走了。罗妮娅惊叫一声。

"毕尔克!"

但是他走了。

当洛维丝单独和罗妮娅在一起的时候,她想问一问情况,但是罗妮娅不愿意理她。

"别跟我讲话。"罗妮娅说。

洛维丝只好作罢,她们默默无言地回到家里。

斯卡洛·帕尔在石头大厅迎接罗妮娅,就好像她是死里逃

生一样。

"你还活着真不错。"他说,"可怜的孩子,我真为你担忧啊!"

但是罗妮娅走开了,一声不吭地躺在床上,拉上床罩谁也不理。

"马堤斯城堡真是多灾多难。"斯卡洛·帕尔一边说一边沮丧地摇着头,然后小声地对洛维丝说:

"马堤斯在我的房子里。但是他只是直愣愣地躺在那里,连一句话也不说。他也不起来吃饭,我们拿他怎么办?"

"他饿急了自己会来的。"洛维丝说。不过后来她也着急起来,第四天她走到斯卡洛·帕尔的房子里对马堤斯说:

"走吧,去吃饭,马堤斯!别再闹气了!大家都坐在桌子旁边等你呢。"

最后马堤斯去吃饭了,他的脸显得阴郁而消瘦,大家几乎都认不出他了。他在桌子旁边坐下来吃饭,一句话也没说。他的所有绿林弟兄也一声不吭,这是石头大厅里从未有过的沉闷。罗妮娅坐在平常的座位上,但是马堤斯不看她。她也不去看他,只是偷偷地朝他的方向斜视了一下,她看到的马堤斯与她认识的父亲判若两人。啊,一切都变了,一切都那么可怕!她真想跑开,离开马堤斯在的地方,一个人躲起来。但是她还是漠然地坐在那里,不知道怎样才能消除自己的忧伤。

"你们都吃饱了,快乐的先生们。"吃完饭以后洛维丝打趣说。她实在忍受不了这种沉默。

绿林弟兄们站起来,嘴里含混不清地说了些什么,然后尽快走到自己的马身边去,那些马已经是第四天站在马槽旁边没事可干了。绿林首领只是躺在斯卡洛·帕尔的房子里,两眼朝着墙发呆,他们怎么去抢东西呢?他们觉得太不走运了,因为这个季节比平时有更多的人通过森林。

马堤斯一句话没说就离开了石头大厅,那一天再没露面。

罗妮娅又到森林里去了。一连三天她在那里寻找毕尔克,但是他没来,她不知道为什么。他的父母会把他怎么样呢?他们会不会把他关起来?如果他真的被关起来,她就不能与他相会了。什么情况都不知道,只是等待,再没有比等待更使人难受的了。

她长久地坐在森林中的湖泊旁边,尽管周围还是春天的美景,但是没有毕尔克在她身边,一切都失去了光彩。她记得以前她也是一个人在这里,当时森林是那么美好。这都是过去的事了!现在她需要毕尔克与她分享一切。可是他今天好像还是不来,她等呀等呀,最后她等得不耐烦了,站起身来准备走。

这时候他来了。她听见他在云杉树林里吹口哨,她惊喜地跑过去。那就是他!他身上背着一个大包袱。

"我现在搬到森林里来了,"他说,"我在波尔卡山寨住

不下去了。"

罗妮娅吃惊地看着他。

"为什么呢?"

"我再也忍受不了整天没完没了的唠叨和高声训斥。"他说,"三天对我来说已经足够了!"

"马堤斯的沉默不语比高声训斥更坏。"罗妮娅想。她一下子明白了,她该怎么办——要改变那种令人不能忍受的局面!毕尔克已经做了,为什么她不这样做?

"我也要离开马堤斯城堡。"她激动地说,"我要离开,对,我要离开!"

"我是在一个山洞里生的。"毕尔克说,"所以我可以住在一个山洞里。但是你行吗?"

"我可以和你住在任何地方。"罗妮娅说,"最好是住在熊洞里!"

在周围的山上有很多洞,但是任何别的山洞都比不上一个叫熊洞的。从罗妮娅刚开始在森林里玩的时候起,她就知道这个山洞,这是马堤斯告诉她的。他小的时候,夏天常常待在那里。冬天熊经常在那里冬眠,这是斯卡洛·帕尔对马堤斯讲的,因此马堤斯把这个山洞称作"熊洞",从此就有了这个名字。

熊洞位于陡峭的河岸上,正好夹在几个山坡之间,洞口对着一条大河。要到那里去必须经过一个峭壁,开始时路很窄,

使人感到很可怕。但是到了洞的正前方时，出现了一个大平台。下边是奔腾咆哮的河流，人们坐在洞口可以眺望从群山和林海上空的朝霞中升起的太阳。罗妮娅曾经多次观看过这种美丽的景色，她知道洞里是可以住人的。

"我今天晚上去熊洞。"她说，"你在那儿吗？"

"在，不在那儿在哪儿？"毕尔克说，"我在那儿等你。"

洛维丝那天晚上还像往常那样为罗妮娅唱《狼之歌》，不管是在快乐的日子还是在忧愁的日子，她每天晚上都唱这支摇篮曲。

"不过今晚是我最后一次听这支歌曲了，"罗妮娅想，想到这一点她很伤心。离开自己的母亲是难过的，但是不能当马堤斯的孩子更难过。正是因为马堤斯不要她了，她才不得不到森林里去，即使她永远听不到《狼之歌》也得去。

洛维丝一睡着，她就要到森林里去。罗妮娅躺在床上，一边等洛维丝睡着，一边看着炉火。洛维丝在床上不安地翻来翻去。但是最后她不动了，罗妮娅听着她的呼吸，知道她已经睡着了。

这时候罗妮娅轻轻地站起来，长时间地站在那里，借助炉火的光亮看着自己熟睡的母亲。

"亲爱的母亲，"她想，"我们可能还会见面，但也可能

永远不会见面了。"

洛维丝的头发披散在枕头上,罗妮娅用手指捋着她的一绺一绺红棕色的头发。这个躺在那里看起来还带有孩子气的女人真是她的母亲吗?她疲倦、孤独地躺在那里,马堤斯也不在她的床边。现在她的孩子也要离开她。

"原谅我吧,"罗妮娅小声地说,"但是我一定得走!"

她轻轻地走出石头大厅,到衣帽间取出藏得很好的包袱。包袱很重,她几乎背不动。当她来到野狼关的时候,她把包袱放在谢格和修莫的脚前面。那一夜是他俩站岗。这不是因为马堤斯还想着派人站岗,而是斯卡洛·帕尔替他派的人。

谢格直愣愣地看着罗妮娅。

"我的老天爷,深更半夜你到哪儿去?"

"我要搬到森林里去,"罗妮娅说,"请你告诉我母亲一声。"

"为什么你自己不说呢?"谢格问。

"我自己不能说,我一说她就不让我走了!我不想让别人阻拦我。"

"你想过吗,你父亲知道了会怎么说呢?"修莫问。

"我父亲?"罗妮娅若有所思地说,"我有父亲吗?"她把手伸出来,与他们握手告别。

"向大家问好!别忘了斯卡洛·帕尔!你们唱歌跳舞的时

候，我希望你们还能想起我！"

谢格和修莫再也不忍心听下去。他们的眼里涌出了泪水，而罗妮娅也掉了几滴眼泪。

"我相信马堤斯城堡再也不会跳舞了。"谢格沮丧地说。

罗妮娅拿起包袱，挎到肩膀上。

"告诉我母亲，不要过分伤心和不安。如果她想找我的话，我就在森林里。"

"我们跟马堤斯说什么呢？"修莫问。

"什么也不用说。"罗妮娅一边说，一边叹了口气。

然后她就走了。谢格和修莫静静地站在那里，目送着她在远方小路的岔道上消失。

这时候已是深夜,月亮高挂在天空中。罗妮娅在森林湖泊旁边休息,她坐在一块石头上,感到森林极为宁静。她静静地听着,但是什么声音也听不到。春天夜晚的森林使人感到神秘莫测,还有点儿稀奇古怪。那里也隐藏着危险,不过罗妮娅并不害怕。

"只要人面鹰身女妖不来,我就像在马堤斯城堡里一样安全。"她想,"森林就是我的家,特别是现在,我已经没有别的家了。"

湖泊呈现出墨色,但是水面上闪耀着一束月光。太美了,罗妮娅看到这种景色高兴起来,啊,真是奇怪,人的忧愁和快乐总是伴随在一起。忧愁是因为马堤斯和洛维丝的缘故,快乐是因为她周围是梦幻般美丽和恬静的春季夜晚。

从此以后她就要和毕尔克在这个森林里生活。这时她突然想起他在熊洞里等她。她干吗坐在这里想心事呢?

她站起来,拿起自己的包袱。她离熊洞很远,也没有什么路可走。然而她知道她该怎么走,就像各种动物、森林里所有的小人熊、夜魅和灰矮人能在森林里找路一样。

她不慌不忙地走过月光下的森林,穿过松林,踏着地衣和浆果树丛,经过桃花散发着清香的沼泽地和深不可测的水潭;她跳过长满苔藓的倒伏树木,蹚过流水潺潺的小溪,径直穿过

森林朝熊洞走去，一步也没有偏差。

她看见夜魅在月光下的山坡上跳舞。斯卡洛·帕尔讲过，它们只在有月光的夜晚跳舞。她停下来一会儿，看着它们，它们却没有发现她。它们跳的是一种很奇怪的舞。它们平静而笨

拙地转来转去，还发出奇怪的鸣叫。斯卡洛·帕尔说过，这是它们唱的《春天的歌》。他曾教她学它们的鸣叫声，但是跟她眼下听到的很不一样。她听到的声音更加古雅和悲伤。

当她想起斯卡洛·帕尔的时候，自然也想起了马堤斯和洛维丝。她的心里很难过。

但是当她到了目的地和看见火的时候，她就忘记了忧伤。啊，是毕尔克在熊洞外边的平台上点燃了火，这样他们在春天的寒夜里就不会受冻了。火熊熊地燃烧着，发着亮光，她从很远就看见了。她想起了马堤斯经常说的一句话：

"哪里有火，哪里就有家！"

"那里有火了，那里肯定也会变成一个家。"罗妮娅想，"熊洞里将会出现一个家！"

毕尔克正悠闲地坐在火堆旁边吃烤肉。他用树枝叉了一块肉，然后递给她。

"我已经等很久了。"他说，"现在吃吧！然后你好唱《狼之歌》！"

第十一节

当罗妮娅和毕尔克躺在松树枝铺的床上时,罗妮娅本来想给毕尔克唱《狼之歌》。但当她回忆起洛维丝怎样为她和马堤斯唱这首摇篮曲的时候,马堤斯城堡的景象立即浮现在她的脑海里,一股思念之情油然而生,她再也唱不成了。

毕尔克早就困了。他操劳一整天了,在等她的时候,他打扫干净熊最近冬眠过的山洞。他离家来到森林以后,就捡生火用的干柴和铺床用的松树枝。在度过繁忙的一天以后,晚上他很快就睡着了。

罗妮娅却睡不着。山洞里又黑又冷,但是她没有受冻。毕尔克把一块山羊皮铺在她的松树枝上,她从家里还带来一条松鼠皮被子,把它盖在身上又柔软又暖和。她躺在那里一点儿也不冷,可就是睡不着。

她长时间躺在那里,心情一直很沉重,可是从洞口她看到了明亮而又寒冷的春季夜空,听到了山洞下边河水奔腾的声

音，这使她觉得轻松了一些。

"这里的夜空和马堤斯城堡的夜空一样，"她想，"这里与家里听到的是同一条河流的咆哮声。"

这时候她入睡了。

当太阳从河对岸的山顶升起的时候，他俩醒了。红日从晨雾中升起，像一团火照耀着远近的森林。

"我浑身都冻紫了。"毕尔克说，"不过最冷的时候是黎明，过了黎明就慢慢暖和了。了解这个道理不是一种安慰吗？"

"生一堆火是一种更好的安慰。"罗妮娅说。她也冻得直发抖，毕尔克把埋在灰里的一点儿火星救活。他们坐在火堆旁边，吃面包，喝罗妮娅木头瓶子里剩下的山羊奶。当他们喝完最后一口山羊奶的时候，罗妮娅说：

"以后我们只好喝泉水了，别的什么也没有了。"

"这样我们免得胖了，"毕尔克说，"不过我们也不能饿死。"

他们彼此看着，然后笑了。他们在熊洞的生活会很苦，这一点他们是知道的，但是他们没有畏惧。罗妮娅已经忘却夜里的痛苦。现在他们又饱又暖和，这是一个最美好的早晨，而他们就像鸟儿一样自由。他们似乎到现在才明白。前一阵子一切都是那么沉重和痛苦，他们想忘掉那一切，永远也不再想起。

"罗妮娅，"毕尔克说，"你知道吗？我们的自由会让别

人笑掉大牙！"

"知道，不过这里是我们的国家，"罗妮娅说，"没有人能抢走我们的国家或者把我们赶走。"

太阳已升得很高，他们仍然坐在火堆旁边。河流在下边奔腾，周围的森林已经苏醒。树冠在晨风中轻轻摇曳，杜鹃在歌唱，一只啄木鸟在啄附近一棵松树的树干，在河的对岸一个麋鹿家庭从森林边上走过来。它们趴在那里，好像河流、森林以及那里所有的东西都是属于它们的。

"把耳朵捂起来，我要对着春天欢叫。"罗妮娅说。

她欢叫着，声音在山谷中回荡。

"我觉得有一件事比什么都重要。"毕尔克说，"就是在你的欢叫声把人面鹰身女妖招来之前，我要把石弩取来。"

"取……到哪儿取？"罗妮娅问，"到波尔卡山寨吗？"

"不是，就在森林外面。"毕尔克说，"我一次拿不了所有的东西，因此我把东西藏在一棵空树里。那里有不少杂七杂八的东西，我都把它们拿到这里来。"

"马堤斯连石弩也不想给我。"罗妮娅说，"不过把你的刀借给我，我可以做个弓箭。"

"好，不过你不要丢了，记住，这是我们最宝贵的东西。没有刀，我们在森林里就没法生活。"

"还有很多其他东西，没有它们我们也不能生活。"罗妮

娅说,"打水用的桶,你想到了吗?"

毕尔克笑了。

"想我是想过了。但是靠想是不能取水的。"

"那好,我知道从什么地方搞一个水桶来。"罗妮娅说。

"从什么地方?"

"从洛维丝的健身泉旁边。健身泉在野狼关下边的森林里,她昨天派斯杜卡斯去打健身水,斯卡洛·帕尔的肚子有毛病,一定要喝这种水。但是斯杜卡斯遇上了几个人面鹰身女妖,丢下水桶就跑回家了。我相信洛维丝会让他今天去取。但是如果我赶快去,我会走在他前面。"

他俩赶紧起身。他们光着脚在森林里跑了很长一段路,然后去取各自的东西。过了一段时间他们回到了山洞,罗妮娅取来了水桶,毕尔克从树洞里取来了石弩和其他东西。他把所有东西都摆在洞前的平台上,让罗妮娅看。一把斧子,一块磨刀石,一只小锅,捕鱼的工具,捉鸟的网子,石弩箭头,一把短矛以及生活在森林里的人所需要的一切。

"啊,我看出来了,你知道生活在森林里的人所需要的一切东西。"罗妮娅说,"获取食物、对付人面鹰身女妖和其他野兽以及保护我们自己。"

"这些我当然知道,"毕尔克说,"我们应该……"

他没有再往前走,因为罗妮娅用力抓住他的手,惊慌地对

他耳语：

"别说话！山洞里有人！"

他们屏住呼吸，仔细地听着。唔，是有人在他们的山洞里。在他们外出的时候，有人趁机偷偷摸摸地钻到那里去了。毕尔克拿出矛，他们静静地站在那里等待。他们听见有人在里边走动，真糟糕，不知道是谁跑到里边去了。听声音好像有好几个。山洞里可能藏满了人面鹰身女妖，她们埋伏在那里，随时都有可能飞出来，用爪子抓他们。

最后他们等得不耐烦了。

"出来，人面鹰身女妖！"毕尔克喊叫着，"如果你们想见识见识这个森林里最锋利的矛，就出来吧。"

但是没有女妖出来。他们却听到从里边传出一阵愤怒沙哑的叫声。

"灰矮人，森林里的人在这里！全体灰矮人，大家快来咬他们，打他们！"

这时候罗妮娅怒火冲天。

"滚出去，灰矮人。"她喊叫着，"赶快滚蛋！不然我就过去揪掉你们身上的毛！"

灰矮人从山洞里蜂拥而出。他们对着罗妮娅发出嘘嘘声，罗妮娅也用嘘嘘声回击他们，毕尔克用矛吓唬他们。这时候他们沿着山坡迅速地跑掉了。他们在河岸的悬崖峭壁上攀缘。一

部分灰矮人没攀住,扑通扑通掉进急流里,后来整群灰矮人都顺着河水游去。不过他们最后都爬上了岸。

"这些鬼怪都善于游泳。"罗妮娅说。

"还善于吃面包呢。"毕尔克说。当他们走进山洞的时候,发现灰矮人把他们存的面包吃了很多。

更坏的事,灰矮人还没来得及做,不过他们待在这里已经是够烦人的了。

"真是糟透了。"罗妮娅说,"他们会在整个森林里说三道四,人面鹰身女妖很快就会知道我们在哪里。"

但是在马堤斯森林里不能害怕,罗妮娅从小就听人家这样说。她和毕尔克都认为躲藏起来是愚蠢的,所以他们镇静地在山洞里准备食物、武器和工具。然后他们到森林里去取泉水,到河里撒网捕鱼,从河边搬来石头砌一个真正的炉灶,毕尔克走很远的路为罗妮娅寻找做弓箭的木头。这时候他们看见野马在林间草地上吃草。他们很客气地跟"恶棍"和"野蛮"讲话,试图接近它们,但是它们不愿意。不论是"恶棍"还是"野蛮",都不懂得友好,它们很快就跑到另外一块草地上吃草去了,好像不愿意有人打扰它们。

后来罗妮娅就坐在山洞外边削自己的弓和箭头,她剪下一段皮绳做弦。然后她就长时间兴致勃勃地练习射箭,最后她成功地一次射出两支箭。一直找到天黑,她也没找到射出的箭头,这时候她只得作罢。不过她并不怎么担心。

"我明天可以削新的。"

"你要爱惜那把刀。"毕尔克说。

"唔,我知道这是我们最宝贵的东西。刀和斧子!"

他们突然发现时间已经很晚了,肚子很饿了。白天他们不停地忙着干活儿,他们到处走,到处跑,搬东西,扛东西,拉东西,摆东西,他们忙得忘记了饿。这时候他们吃了一顿饱饭,有面包、羊奶奶酪和羊肉,用清凉的泉水送下食物,正像他们在喝完羊奶以后罗妮娅预示的那样。

在这个季节,夜里不是很黑,但是疲乏的身体使他们感到白天已经过去。他们想睡觉了。

在黑暗的山洞里,罗妮娅为毕尔克唱着《狼之歌》,这次比上次好多了。然而她还是伤心了,她问毕尔克:

"你认为他们在马堤斯城堡会想起我们吗?我的意思是指我们的父母亲!"

"他们不想我们才怪呢。"毕尔克说。

罗妮娅抽噎起来,半天说不出一句话。

"他们可能伤心吧?"

毕尔克思考了一会儿。

"他们不会一样。我看我母亲会伤心,但是更多的是生气。我父亲也会生气,但更多的是伤心。"

"我知道我母亲会伤心。"罗妮娅说。

"你父亲呢?"毕尔克问。

罗妮娅沉默了半天,然后说:

"我想他会很满意。我不在他身边,他好把我忘掉。"

她极力往那方面想。但是在她的内心深处她知道不是这么回事。

夜里她梦见马堤斯一个人坐在一座幽暗的森林里哭泣,眼泪在他的脚下汇成一个泪泉。她坐在泪泉里,又变成了小孩子,玩着马堤斯给她的松球和石子儿。

第十二节

第二天他们很早就起床了,他们要到河边看下的网捕到鱼了没有。

"捕到的鱼一定要在杜鹃叫之前拿上来。"罗妮娅说。

在毕尔克前边的小路上她高兴地跳着。这是一条羊肠小道,蜿蜒通到长着一片小白桦林的崎岖山坡上。幼嫩的桦树叶散发着清香,散发着春天的气息,罗妮娅特别喜欢这股清香的味道,所以她高兴地跳了起来。

毕尔克走在她的后边,他还没有完全醒过来。

"如果真能捕到鱼就好了!你大概以为我们网里的鱼已经满满的了吧?"

"这条河里有三文鱼。"罗妮娅说,"如果连一条鱼也没跳进我们的网里,那才奇怪呢。"

"我的好妹妹,别太高兴,你如果跳到渔网里,那才麻烦呢。"

"我是为欢呼春天在跳跃。"罗妮娅说。

毕尔克笑了起来。

"为欢呼春天跳跃,好啊,这条小路好像就是为了欢呼春天跳跃用的。你知道是谁最早踏出了这条小路?"

"可能是我父亲。"罗妮娅说,"是他住在熊洞的时候踏出来的,他喜欢吃三文鱼,一直吃不厌。"

她沉默了。马堤斯喜欢什么和不喜欢什么,她不愿意再想了。她还记得夜里的梦,她也想忘掉那个梦。但是那个梦就像讨厌的苍蝇一样,赶跑了又回来,直到她看见他们网里那条闪闪发亮、乱蹦乱跳的三文鱼时才忘记。那是一条很大的三文鱼,够他们吃很多天,毕尔克从网里拿出鱼,然后满意地说:

"我的好妹妹,我保证你不会饿死了。"

"起码冬天到来以前不会。"罗妮娅说。

但是现在离冬天还有很长时间,她何必现在就考虑冬天呢?她不想自寻烦恼。

他们回家了,用一根带杈的树枝抬着那条三文鱼,还拖着一棵被风吹倒的桦树。桦树用皮绳拴在他们腰上,他们就像两匹马一样艰难地在路上拉着。他们需要家具,想用这棵桦树做碗和其他东西。

毕尔克在砍桦树树枝的时候,斧头掉了,把脚砸得直流血。他走过的路上洒了很多血,但他一点儿也不在乎。

"这算不了什么。砸伤了就是要流血,流够了就不流了。"

"不要逞能。"罗妮娅说,"过一会儿一只熊会沿着你的脚印舔血吃,它可能会想,这儿怎么会有这样好吃的血?"

"那我就让它尝尝我手里的矛。"

"我母亲,"罗妮娅若有所思地说,"随便哪个人流血的时候,她总是给人家上晒干的白色苔藓。我想我们也要准备一点儿,因为说不定下次你就把腿砍伤了。"

她真的去采了,带回家一大抱白色苔藓,晒在太阳底下。她回家的时候,毕尔克就端来烤三文鱼给她吃。这不是最后一次吃三文鱼,有很长时间他们拿三文鱼当饭吃,吃完三文鱼就做木碗。

把树砍成各种材料不难,他们轮流砍,没有人把自己砍伤。很快他们就砍出了五块很整齐的木块,只等着挖成碗,他

们决定做五个。但是到了第三天，罗妮娅问：

"毕尔克，你认为干什么最难受？是烤三文鱼还是手上起泡？"

毕尔克说他回答不了，因为前者与后者同样不好受。

"不过我知道有一件东西很重要。我们应该有一把凿子，用刀子挖木碗实在太费力了。"

但是他们没有其他工具，他们轮流砍呀，挖呀，最后总算做了一个像碗似的东西。

"我这一辈子再也不做这种玩意儿了。"毕尔克说，"我把刀最后再磨一次，把刀拿过来！"

"刀？"罗妮娅说，"刀不是你自己拿着吗？"

毕尔克摇了摇头。

"没有。是你最后拿着，快拿过来！"

"我这里没有刀。"罗妮娅说，"你没听见我在说什么吗？"

"你把刀弄到哪里去了？"

罗妮娅生气了。

"你把刀弄到哪里去了？是你最后拿着！"

"你说谎。"毕尔克说。

他们赌着气，默默地找刀，洞里、洞外都找遍了，就是没有。找了一遍以后又里里外外重新找了一遍，还是没有。

毕尔克冷冰冰地看着罗妮娅。

"我记得我曾经向你说过,没有刀,我们就不能在森林里生活。"

"那你就应该把刀保管好。"罗妮娅说,"你还是一个坏蛋,自己做错了事往别人身上推。"

毕尔克的脸都气白了。

"哟哟,你又犯老毛病了,强盗的女儿!我看你又不讲理了。谁能跟你在一起生活!"

"谁稀罕你跟我在一起生活,波尔卡强盗!你和你的刀在一起生活好了,如果你找到它!滚你的吧!"

她离开了他,气得眼里涌出了泪水。她要离开森林,离开他。她再也不想见他了,再也不理他了!

毕尔克看着她走了。罗妮娅这个行动使他更加生气,他在她身后喊:

"祝人面鹰身女妖把你抓走!和她们在一起你就高兴了!"

他看着那些没有用处的白色苔藓。这都是罗妮娅想出来的馊主意,他生气地用脚踢了一下苔藓。

原来刀在苔藓底下。毕尔克看了半天才把刀拿起来。他们肯定在苔藓堆里仔细找过,为什么没有发现呢?刀在苔藓底下,是谁的过错呢?

他觉得采集苔藓无论如何是罗妮娅的错。另外她又厉害又

愚蠢，他实在不能忍受。不然的话，他可以把她追回来，告诉她刀已经找到了。不过她也许愿意待在森林里，直到她待厌烦了和恢复理智为止。

他磨刀，把刀磨得很锋利。然后他坐下来，手里拿着刀，觉得刀放在手里很舒服。这真是一把好刀，总算找回来了。

但是他的愤怒却消失了。在他磨刀的时候，他的气就消了。现在他应该满意了，刀找到了，可是罗妮娅走了。这是不是他内心感到难过的原因呢？

你和你的刀生活在一起好了！这是她说的！想到这里他又生气了。她到哪儿去生活呢？这不是他的事情，她想到哪儿就到哪儿去吧。但是如果她不马上回来，就得怨她自己。那时候熊洞就要对她无情地关上大门，他很想让她知道这一点，但是他不愿意跑到森林里去告诉她。过一会儿她也许会主动回来，那时候他就这样说：

"你早就应该回来！现在太晚了。"

他故意把声音说得很响，好让自己听一听。他听了以后吓了一跳，他怎么能跟自己的妹妹讲这样的话？不过要怨她自己，他并没有把她赶走。

他一边等罗妮娅，一边吃了几口三文鱼。前几次吃的时候，觉得三文鱼很香，但是吃了十次后就不一样了。现在他嘴里嚼着鱼，就是咽不下去。不过他毕竟还有东西可吃。在森林

里走来走去的罗妮娅吃什么呢？她可能不得不吃草根树叶，好在这些东西到处都有。然而这也不是他该管的事。她可以在那里走，一直走到没有气力为止。她自作自受，谁让她不回来。

时间一小时一小时地过去，但是真奇怪，没有罗妮娅时间就过得没有意义，没有罗妮娅在身边他什么也不想做。他内心越来越觉得痛苦。

他看到河上升起了浓雾。这时候他想起了很久以前他怎样为了罗妮娅而与地魔斗争的事情，后来他一直没有跟她讲过这件事，她大概不知道她可能被地魔骗走。当时她对他那么凶狠，她咬了他的脸颊，至今还有一小块疤呢，不过他还是很喜欢她。啊，他第一次看见她就喜欢她了。不过她不知道，他也没跟她说过。现在已经晚了。以后他要一个人生活在山洞里，和自己的刀……她怎么会说得这样粗鲁？只要能把罗妮娅找回来，就是把刀子扔到河里，他也心甘情愿，这时候他明白了。

晚上河面上经常升起浓雾，这没有什么可担心的。可是他想，谁能保证今晚的雾不会越来越浓，直到把森林都笼罩起来呢？那时候地魔可能又要从黑洞洞的地下跑出来，谁能保护罗妮娅不受他们的歌声引诱呢？这大概也不是他该管的事吧？但是不管怎么说，不能再迟疑了，他必须到森林里去，他必须找到罗妮娅。

他跑呀跑呀,最后连气都喘不上来了。他四处寻找她,在各条小路上,在他认为她可能去的一切地方。他喊着她的名字,直到他担心把嗓子喊哑并唤来好奇而又凶残的人面鹰身女妖为止。

"祝你让人面鹰身女妖抓走。"他曾经这样在她后边喊,想到这一点他觉得很惭愧。说不定她们真的把她抓走了,因为到处找不到她。或许她又回到马堤斯城堡?或许她跪在马堤斯跟前,请求让她回来,重新当他的孩子。她绝不会回到熊洞,不会,马堤斯是她最想念的人,明眼人一看就知道,尽管她在毕尔克面前不愿意流露出这种感情。现在她大概高兴了,因为她已经找到离开熊洞和离开要当她哥哥的那个人的借口!

再找也没用了。这时候他灰心了,他不得不回到自己的山洞,不管多么凄凉,他也要一个人待在那里。

春天的夜晚美极了,这是上帝创造的一种奇迹,但是毕尔克并没有注意到。他闻不到夜晚的芳香,听不见鸟儿歌唱,看不到地上的青草和鲜花。他只感到痛苦在折磨着他。

这时他听到很远的地方有一匹马在死命地嘶叫着。他朝着马叫的方向跑过去,离马的距离越近,声音越凄惨。他看到云杉树间的一小块草地上有一匹马。这是一匹母马,它胸部的一个伤口流出很多血。看样子它很怕毕尔克,但是它没有跑,只是更加不安地嘶叫着,好像是在危难中寻求帮助和保护。

"可怜的马,"毕尔克说,"是谁把你咬成这个样子?"

在同一时间他看见了罗妮娅。她慌里慌张地从云杉树林里走出来,她朝他跑过去,脸上淌着泪水。

"你看见那只熊了吗?"她喊叫着,"啊,毕尔克,它把这匹母马的小马抓走了,还把小马咬死了!"

她伤心地哭着,但是毕尔克却感到万分高兴。罗妮娅还活着,她没有被熊伤害,不管是马堤斯还是人面鹰身女妖都没有从他身边把她抢走,真让人高兴!

但是罗妮娅站在母马旁边,看着血从马身上往外流,这时候她似乎听到了洛维丝的声音,她懂得应该怎么办。

"你快去把白色苔藓取来,不然马的血就流光了!"

"那你怎么办?你也不能待在这里让凶残的熊把你吃掉。"

"快去!"罗妮娅喊着,"我一定要待在母马身边,它需要有人安慰。白色苔藓!快去!"

毕尔克跑了。他不在的时候,罗妮娅站在那里,用手抚摩着母马的头。她小声地对母马讲着一切能安慰它的话,母马静静地站着,好像在听着。它已经不再嘶叫,可能是它没有力气了。它的身体不时地剧烈颤抖着,熊把它咬了,伤口很大。这匹可怜的母马曾竭力保护自己的小马,但是现在小马已经死了。它可能也感到,自己的生命会随着血一滴一滴地流掉而慢慢结束。这时已是黄昏,夜很快就要来临。如果毕尔克不能及

时赶回来,这匹母马就再也看不到黎明了。

但是他来了,带来了一大抱白色苔藓。罗妮娅从来没有见过这样亲切的场面,将来有机会一定要把自己喜悦的心情告诉他,但不是现在,现在太忙了。

他们相互合作,往马的伤口上敷苔藓,他们看到血很快就把苔藓浸透了。这时他们又敷上更多的苔藓,并且用皮绳把苔藓横一道竖一道地绑在马的胸部。它静静地站着,让他们绑,好像知道这是为它好。但是在紧靠他们的一棵云杉后面,一个小人熊突然探出头来,它感到莫名其妙。

"他们何必要这样呢?"它阴郁地说。

但是罗妮娅和毕尔克看见它很高兴,他们知道那只熊已经走了。熊和狼特别怕妖怪,小人熊、夜魅、人面鹰身女妖和灰矮人都不怕猛兽。一只熊只要闻到妖怪的味儿就会默默地躲到森林里去。

"看呀,小马死了。"小人熊说,"就这么一个!没有了!它再也跑不动了!"

"我们知道。"罗妮娅伤心地说。

那一夜他们就待在母马旁边。夜里很冷,他们很难合眼睡觉,不过他们一点儿也没有抱怨。他们肩靠肩地坐在一棵枝叶茂盛的云杉底下,天南海北地讲了很多事情,但是压根儿没提吵嘴的事,好像他们已经把那件事忘了。罗妮娅想讲一讲熊怎

样打死了小马,可是她伤心得讲不出话来。这件事太残忍了。

"在马堤斯森林和其他森林里,都会发生这样的事情。"毕尔克说。

午夜的时候,他们又给马的伤口换了一次药,然后他们睡了一会儿。当他们醒来时,东方已经发白。

"你看,血止住了。"罗妮娅说,"伤口上的苔藓都干了!"

他们朝自己的山洞走去,手里牵着那匹受伤的母马,因为母马不能单独待在野外。母马艰难地走着,不过它还是愿意跟他们一起回家。

"母马将来痊愈了也不能再爬山了,"毕尔克说,"我们把它养在哪里?"

在他们住的山洞附近有一个山泉,周围长满云杉和白桦,他们平时在那里取水。他们把马牵到那里。

"快喝吧,喝了水你好长出新鲜的血

液。"罗妮娅说。

母马痛痛快快地喝了半天,随后罗妮娅把它拴在一棵白桦树上。

"让它在这里好好养伤。我保证熊不会到这里来。"

罗妮娅抚摩着母马。

"不要太伤心,"她说,"明年你会再生一匹小马。"

这时罗妮娅看见母马的乳头往下滴着马奶。

"这奶应该给你的小马吃,"她说,"不过现在你就给我们吃吧。"

她从山洞里取出木碗,赶紧去接奶。她接了满满一碗。对母马来说,把胀得很大的乳房里的奶挤出来会更舒服些。毕尔克很喜欢喝马奶。

"我们已经有了一个家畜,"他说,"我们一定要给它取个名字。你说它叫什么好?"

"我说它应该叫莉娅。马堤斯小的时候有一匹母马就叫这个名字。"

他俩都觉得这个名字很好听。母马不会死了,谁都看得出来,莉娅会活下来。他们割青草喂它,它大口大口地吃着。这时他们自己也感到饿了,一定要回山洞去找些东西填填肚子。但是当他们离开莉娅的时候,它回过头来不安地看着他们。

"别害怕,"罗妮娅说,"我们一会儿就回来。谢谢你刚

才给我们喝的奶!"

又有奶喝了,真是有福,马奶在泉水里浸一会儿以后,既新鲜又清凉。他们坐在山洞外边的台阶上,吃面包,喝马奶,看着太阳从东方升起——新的一天开始了。

"那把刀丢了真可惜。"罗妮娅说。

这时候毕尔克才把刀拿出来,放在她的手里。

"看,它又回来了。我们互相埋怨、互相吵嘴的时候,它躺在苔藓底下等着呢。"

罗妮娅坐在那里半天没有说话。后来她说:

"你知道我坐在这里想什么吗?我想毫无目的的争吵最容易坏事。"

"以后我们再也不要争吵了。"毕尔克说,"你知道我坐在这里想什么吗?我在想,你比千万把刀子更可贵!"

罗妮娅看着他,会心地笑了。

"你又犯神经病了!"

洛维丝就是经常这样对马堤斯说的。

第十三节

　　时间一天一天过去，春去夏来，天气越来越暖。雨季也到了。雨水日夜不停地冲洗着森林，喝饱雨水的树木显得格外青翠。雨过天晴，森林里暖洋洋的，罗妮娅不禁问毕尔克，地球上其他的森林是不是也像这里一样芳香。他说肯定不是。

　　莉娅的伤早已痊愈，他们把它放回森林。这时候它又和其他的野马生活在一起了。不过罗妮娅和毕尔克每天还是喝它的奶。晚上它和其他的野马经常站在山洞附近，黄昏时罗妮娅和毕尔克走到森林里去喊它。它长嘶一声作为回答，罗妮娅和毕尔克听到叫声也就知道它在什么地方了，它很愿意有人给它挤奶。

　　其他的野马很快也不怕这两个孩子了。有时候它们好奇地走过来看他们给莉娅挤奶，它们大概从来没有看见过这种奇怪的事情。"恶棍"和"野蛮"也经常来，它们走到离莉娅很近的地方，莉娅生气了，它把耳朵贴到后边，张嘴要咬它们。可

是它们毫不在意,继续顽皮地推来推去,使劲地蹦呀跳呀。它们是小马驹,很喜欢玩耍。最后它们长嘶一声,跑到森林里去了。

可是第二天晚上它们又来了。它们渐渐不怕人了,也能听懂人的话,还让人抚摩了。罗妮娅和毕尔克经常抚摩它们,它们好像也很喜欢让人抚摩。不过在它们眼里这是一种骗人的鬼把戏,它们好像在想:你们骗不了我们!

有一天晚上罗妮娅说:

"我说要骑马,就非骑不可!"

这一天轮到毕尔克挤马奶,"恶棍"和"野蛮"站在附近看着。

"我说的话你听见了吗?"

她是在问"恶棍"。她突然抓住"恶棍"的鬃毛,飞身骑到它的背上。它想把她摔下来,但是不像上次那么容易了。这次她有了思想准备,知道应该抓住什么地方。"恶棍"又蹦又跳,想把她摔下来,最后成功了。罗妮娅尖叫一声,从马屁股后边摔下来。她从地上爬起来,没受什么重伤,她用手揉着发痛的胳膊肘。

"你仍然是一个地道的'恶棍',"她说,"不过我还是要再骑你!"

她真的这样做了。每天晚上挤完马奶以后,她和毕尔克都

试图驯化"恶棍"和"野蛮"。但是这两个坏蛋连半句话也听不进去,当罗妮娅摔过多次以后,她说:

"我身上没有一块地方不是又酸又痛。"

她推了"恶棍"一下。

"都是你这个坏蛋干的好事!"

但是"恶棍"心安理得地站在那里。

她看见毕尔克还在和"野蛮"较量。"野蛮"和"恶棍"一样难以驾驭。但是毕尔克很有力气,他紧紧地用两腿夹住马肚。啊,真行啊,他没有摔下来,最后"野蛮"累得屈服了。

"罗妮娅你看,"毕尔克喊着,"它驯服了!"

"野蛮"不安地嘶叫着,不过它累得再也动不了。毕尔克一边抚摩着它,一边夸奖它,最后罗妮娅开口说:

"实际上它也是一个坏蛋,你会知道的!"

毕尔克制伏了"野蛮",而她却不能使"恶棍"听话,她生气了。特别是以后的几个晚上罗妮娅就更生气了,毕尔克让她一个人跪在地上挤马奶,而他却神气十足地骑在"野蛮"的背上围着她转来转去,不就是为了显示他是个好骑手吗?

"不管摔伤不摔伤,"罗妮娅最后说,"我挤完奶就去骑马!"

她真的这样做了。"恶棍"走过来,一点儿也没察觉,罗妮娅突然跃到它的背上。它当然不愿意,拼命地蹦跳,想把她

摔下来,当它发现不能得逞的时候,就又气又恼。啊,这次可摔不下来了,罗妮娅占了主动。她用手抓住马鬃,两腿紧紧夹住马肚子,稳稳地骑在马背上。这时它径直朝森林跑去,杉树枝、松树杈从她眼前飕飕地飞过去。马惊了,罗妮娅惊慌地呼喊着:

"救命啊!我要被摔死了,救命啊!"

但是"恶棍"已经失去理智。它拼命地跑着,罗妮娅随时都可能从马背上掉下来,摔断脖子。

这时毕尔克骑着"野蛮"从后边跑过来。"野蛮"是一匹举世无双的好马,它很快就赶上并超过了"恶棍"。这时毕尔克猛力勒住缰绳,使"野蛮"停下来。落在后面正全速奔跑的"恶棍"被挡住去路,被迫停了下来。罗妮娅被甩到马头上,不过她没有掉下来,她坐回到马背上。"恶棍"呆呆地站在那里,它不再跑了。它吐着白沫,浑身各个关节都在打战。罗妮娅拍打着它,夸它跑得非常出色,罗妮娅这些话使它慢慢平静下来。

"我原来真想打你一顿,"她说,"但是我饶了你,因为你让我经历了一次奇迹。"

"它们现在让我们骑了,这是更大的奇迹。"毕尔克说,"你看,现在这两个坏蛋懂事多了,知道谁说了算。"

他们平稳地骑着马来到莉娅身边,让"恶棍"和"野蛮"

林格伦作品选集
LINGELUN ZUOPINXUANJI

Lulinnüer Luoniya 156 绿林女儿罗妮娅

去玩耍。他俩回到山洞去。

"毕尔克,"罗妮娅说,"莉娅的奶越来越少了,你发觉了吗?"

"发觉了,它可能又怀马驹了。"毕尔克说,"如果真是这样,它的奶很快就会没有了。"

罗妮娅从家里带来的面粉都吃完了。他们把一块石板放在炉子上,烤了最后一次硬面包。山洞里还存着一些面包,但是过不了几天就会吃完。不过挨饿倒不会,因为森林里有很多小湖,湖里有很多鱼,森林里还有各种飞鸟,真没东西吃,他们随时都可以捕捉一只野鸡或一只雷鸟。罗妮娅采集了能吃的草籽和树叶,这是洛维丝教给她的。这时候野草莓已经熟了,被风吹倒的树木周围长着一大片红艳艳的草莓,不久蓝莓也该熟了。

"挨饿倒是不会。"罗妮娅说,"不过第一天没有马奶和面包吃,我肯定觉得不习惯。"

这一天来得比他们预料的还要快。当他们晚上叫莉娅的时候,它还是很顺从地走过来。不过看得出来,它已经不喜欢给它挤奶了。最后罗妮娅只从它的乳

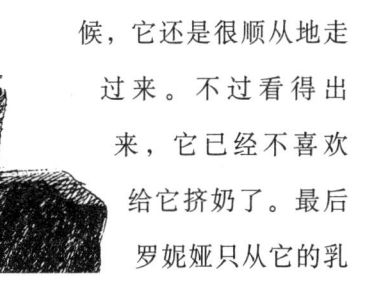

房里挤出一两滴奶,而莉娅明显地表现出,它再也没奶了。

这时罗妮娅双手抱着它的头,深情地看着它。

"谢谢你在这段时间里给我们奶喝,莉娅!夏天来的时候,你又该生小马驹了,你知道吗?那时你将会重新有奶。不过你的奶是给小马驹喝的,不是给我们喝的。"

罗妮娅用手抚摩着母马。她希望莉娅能听懂她的话,她还对毕尔克说:

"你也要感谢它!"

毕尔克也向母马表示感谢。他们在它身边待了很长时间,当他们离开它的时候,它还在明亮的夏季夜晚跟了他们一段路。它好像真知道这是在告别,这段有别于野马生活的奇异经历结束了。两个创造奇异经历的小孩子离开它走了,它站在那里,目送他们消失在杉树林里。然后它回到自己的野马群。

后来当毕尔克和罗妮娅晚上骑马玩的时候,有时候还能看到它,如果他们喊它的名字,它还叫一声作为回答,不过它从来没有离开野马群走到他们身边来。它是一匹野马,一直没有被驯化成家畜。

但是当"恶棍"和"野蛮"看见罗妮娅和毕尔克的时候,会立即跑过来。现在它们明白,再也没有比驮自己的骑手赛跑更有意思的了。罗妮娅和毕尔克兴致勃勃地骑着马在森林里游玩。

不过有一个晚上，他们遭到了一个人面鹰身女妖的追赶。两匹马被吓惊了，它们乱蹦乱跳，再也不听话了。罗妮娅和毕尔克只好跳下马来，让它们跑掉。没有骑手，马就什么也不怕了。人面鹰身女妖只是仇恨人和想抓人，而对森林中的动物并不感兴趣。

这时罗妮娅和毕尔克处在危险中。他们吓得朝不同的方向跑，这样女妖就不能同时抓到他俩，但是他们知道，女妖是愚蠢的，她肯定想同时抓住两个。这样他们都会得救。当她追赶毕尔克的时候，罗妮娅趁机藏了起来。对毕尔克来说，处境就更危险了。但是这时女妖转过身急着去搜寻罗妮娅，转眼间她忘了毕尔克，他趁机迅速地爬到两个大石头缝里去。他在那里坐了很久，看女妖能不能再找到他。

但是女妖们有这样一个特点，如果她们没有看见要找的东西，就认为那里没有东西。这时女妖认为她要把眼睛给抓瞎的人已经没有了，于是愤怒地飞向群山，告诉她的姐妹们那里没有人。

毕尔克看着女妖飞走了，当他确信她不会再飞回来时，他就喊罗妮娅。罗妮娅从一棵云杉树底下的藏身处爬出来，他们为自己脱险高兴得手舞足蹈。真幸运，他俩没有一个人被女妖抓死或被叼进山洞，如果被叼进山洞，就要一辈子被关在那里了。

"在马堤斯森林里不能害怕，"罗妮娅说，"但是耳边响着人面鹰身女妖啪啦啪啦的翅膀声时，很难做到这点。"

"恶棍"和"野蛮"已经跑得无影无踪，因此他们只得长距离步行走回自己的山洞。

"只要没有女妖追赶，我可以走一整夜。"毕尔克说。

他们手拉着手穿过森林，高兴地说呀，笑呀，跟他们每次脱险以后一样。夜幕开始降临了，一个多么美丽的夏季夜晚，他们说尽管刚才遇到女妖，这一天还是过得很愉快。生活在大森林的自由天地里，真是美妙极了，在白天、在夜晚、在阳光下、在月光下、在星光下、在一年四季有规律的轮回中——在刚刚过去的春天、在已经来到身边的夏天、在即将来临的秋天。

"可是冬天……"罗妮娅说了半句，她沉默了。

这时他们看见小人熊、夜魅、灰矮人在周围跑来跑去，从云杉和石头后边好奇地看着他们。

"这些夜魔，"罗妮娅说，"他们在冬天也能安然无恙地生活。"

她又沉默了。

"我的好妹妹，现在正是夏天。"毕尔克说。

罗妮娅当然知道现在是夏天。

"只要我活着，我就永远把这个夏天记在心里。"她说。

毕尔克看着周围朦胧的森林,顿时产生了一种奇特的感觉,到底为什么,他也不知道。他不知道为什么在他的内心有一种近乎忧伤的感情,周围除了夏季夜晚的美丽和平静以外,别的什么也没有。

"这个夏季,"他看着罗妮娅说,"啊,这个夏季我到死也不会忘记。"

他们回到自己住的熊洞。在洞外边的石板上,坐着里尔·克里奔,他在等着他们。

第十四节

里尔·克里奔坐在那里,扁平的鼻子,卷曲的头发,满脸大胡子,跟罗妮娅认识的里尔·克里奔一模一样。可是现在她觉得他从来没有像现在这样漂亮,她高兴地尖叫一声,向他扑过去。

"里尔·克里奔……啊,是……你……你来啦!"

她高兴得结巴起来。

"这里的风景真美,"里尔·克里奔说,"既能看见河流,也能看见森林!"

罗妮娅笑了起来。

"对,既能看见河流,也能看见森林!所以你到这儿来了,对吗?"

"哪里,是洛维丝派我送面包来了。"里尔·克里奔说。他打开皮口袋,掏出五只圆圆的大面包。

这时候罗妮娅又笑了起来:

"毕尔克，你看见了吗？面包！我们有面包吃了！"

她抓过一个面包，捧在手里，闻着面包的香味儿，眼睛里涌出了泪水。

"我母亲做的面包！我都忘记了，世界上还有这么好吃的东西。"

她把面包掰开，一大块一大块地塞进嘴里。她也想给毕尔克吃，可是他黯然地站在那里一言不发，他没有接面包，反而走进山洞里去。

"洛维丝估计你们已经没有面包可吃了。"里尔·克里奔说。

罗妮娅嚼着面包，好像嘴里含着蜜一样甜。她吃着面包想起了洛维丝，不过她要先问里尔·克里奔一件事：

"我母亲怎么知道我住在熊洞里？"

里尔·克里奔哼了一声。

"你以为你母亲那么笨？你不在这里能在哪儿？"

他打量着她。眼前坐着他们的罗妮娅，他们美丽的小罗妮娅，她不停地往嘴里塞面包，好像她这生这世就是为了吃面包似的。现在他该说正经事了，一定要讲点儿策略，这是洛维丝告诉他的。他有些担心，因为他不是一个特别有策略的人。

"罗妮娅，"他小心翼翼地说，"你很快就要回家了吧？"

山洞里咚地响了一声。那里有一个人在听他们谈话，他有意让罗妮娅知道。

但是罗妮娅这时的心思全在里尔·克里奔身上。她有那么多事情要问他，有那么多事想知道。里尔·克里奔坐在罗妮娅身边，但是当她问他事情的时候，她不用眼睛看着他，她看着远处的河流和森林，她的声音那么低，里尔·克里奔几乎听不见：

"马堤斯城堡现在好吗？"

里尔·克里奔如实回答说：

"马堤斯城堡里的人都很悲伤，罗妮娅，回家吧！"

罗妮娅抬头看着远方的河流和森林。

"是我母亲让你来说的吧？"

里尔·克里奔点点头。

"啊！家里没有你，我们都觉得很不愉快。罗妮娅，大家都盼望着你回家去。"

罗妮娅看着远方的河流和森林，小声地问：

"我父亲呢？他也盼我回家吗？"

里尔·克里奔气得骂了起来。

"这个鬼东西！谁知道他在想什么！谁知道他在盼什么！"

他们沉默了一会儿，后来罗妮娅问：

"他提起过我吗？"

里尔·克里奔改变了口气，因为这时他想起了应该讲点儿策略，因此他沉默不语。

"你要说实话,"罗妮娅说,"他从来没提起过我的名字吧?"

"没有。"里尔·克里奔无可奈何地说,"当着他的面,别人也不敢提起你的名字。"

真糟糕,他把洛维丝不让他说的事都说了出来,嗐,这还叫什么策略呢?

他乞求地看着罗妮娅说:

"不过只要你回去,我的好罗妮娅,一切都会好的!"

罗妮娅摇了摇头。

"我永远也不回家!我已经不是马堤斯的孩子!你可以把我的话明确地告诉他,把声音说大一点儿,让马堤斯城堡的人都听见。"

"我的天啊,"里尔·克里奔说,"就是斯卡洛·帕尔也不敢告诉他。"

此外,里尔·克里奔还说,斯卡洛·帕尔已经老了。那有什么奇怪呢?城堡里的一切都衰落了。马堤斯整天发脾气,对什么都不满意,抢东西也不顺手。森林里到处是官兵,帕尔叶已被他们抓走,关在官府的囚牢里。波尔卡那边也有两个人被抓走,据说官府发誓要在今年把马堤斯森林里的绿林强盗全部肃清。里尔·克里奔说:"这不意味着丧命吗?"

"他从来没有笑过吗?"罗妮娅问。

里尔·克里奔显得很惊异。

"你说的是谁？是官府吗？"

"我说的是马堤斯。"罗妮娅说。

里尔·克里奔说，自从罗妮娅那天早晨当着马堤斯的面跳到地狱缝对面以后，就没有人看见他笑过。

天黑以前，里尔·克里奔一定要赶回去。现在要回家了，他在发愁怎么向洛维丝交差。因此他又做了一次努力。

"罗妮娅，回家吧！回去吧！回去多好！"

罗妮娅摇着头，然后说：

"向我母亲问好，万分感谢她为我送面包！"

里尔·克里奔把手迅速地伸进皮袋子里。

"上帝保佑，我还有一包盐要给你！我差点儿忘了，我如果把盐再带回去，那真该死！"

罗妮娅接过盐包。

"我母亲想得真周到！生活中需要什么她都知道。可是她怎么知道我们就剩一两粒盐了呢？"

"这大概是母亲的本能。"里尔·克里奔说，"她的孩子缺少哪些必要的东西，她都知道。"

"她就是这样一位好母亲。"罗妮娅说。

罗妮娅长时间站在那里，看着里尔·克里奔沿着崎岖的小路大步地走去，直到他消失在远方以后才走回山洞。

"啊,你没有跟他回家去找你的好父亲。"毕尔克说。他早已躺在自己的杉树枝床上。洞里很黑,罗妮娅看不见他,不过说话的声音,她还是听得很清楚。他是有意气她。

"我已经没有父亲了。"她说,"如果你不小心点儿,哥哥我也不要了!"

"好妹妹,原谅我,我对你太不公平了。"毕尔克说,"不过我知道你有时候想什么。"

"对!"罗妮娅在黑暗中回答,"我在想,我已经活了十一个冬天,第十二个冬天我就该死了。我多么想在世上活下去。你要是能知道就好了!"

"忘记你的冬天吧,"毕尔克说,"现在是夏天!"

夏季一天一天地过去,天气越来越晴朗,气温越来越高,他们从来没遇到过这样好的夏天。每天中午最热的时候,他们到清凉的河水里去游泳。他们像一对水獭在水里钻来钻去,然后顺流而下,直到听见"吞人"大瀑布震耳欲聋的响声才停下来。因为再往下游就有危险了,在大瀑布那里,汹涌的河水沿着一座高耸的峭壁飞流而下,想活命的人都不敢从那里往下游。

毕尔克和罗妮娅知道游到哪里有危险。

"我一看见'吞人'大疙瘩露出水面,"罗妮娅说,"我就知道再往下游就有危险了。"

"吞人"大疙瘩是河中心的一块大石头，离瀑布不远。对罗妮娅和毕尔克来说，它是一个警戒线。现在他们该回到岸上去了。他们累得呼哧呼哧直喘，浑身冻得发紫。在岸边的一块石板上，他们躺下来晒太阳，好奇地看着在水里钻来钻去永不知疲倦的水獭。

傍晚天气凉的时候，他们到森林里骑马。"恶棍"和"野蛮"逃走了一段时间。森林女妖把它们吓惊了，所以对骑在它们背上的人也害怕了。有很长一段时间，它们都惊恐不定。不过现在它们把那件事忘记了，它们跑过来，高兴地让他们骑着去赛跑。罗妮娅和毕尔克先让马撒撒欢儿，然后骑着它们在森林里长时间游玩。

"在这样明亮的夜晚，骑马玩儿太好了。"罗妮娅说。她想，"为什么森林里不能终年都是夏天？为什么我不能总是高兴呢？"

她爱森林中的一切——骑马时经过的各种树木、溪流、湖泊，覆盖着苔藓的山坡，长满野草莓的林间草地，果实累累的蓝莓丛，遍地的鲜花，各种动物和飞鸟。人为什么还要悲伤呢？为什么每年还要有冬季呢？

"你在想什么，我的好妹妹？"毕尔克问。

"我在想……这块大石头底下住着夜魅，"罗妮娅说，"去年春天我看见它们在这儿跳舞。我喜欢夜魅和小人熊，不过你

知道,我不喜欢灰矮人和人面鹰身女妖。"

"当然,谁会喜欢他们呢?"毕尔克说。

现在天黑得越来越早,有着明亮夜晚的季节已经过去。晚上他们坐在篝火旁边,看着天空闪闪发亮的群星。天越黑,他们把火燃得越旺,火光映红了整个森林。天空仍然是夏季的天空,但是罗妮娅似乎知道星星们在说:秋天快到了!

"啊,我恨死了人面鹰身女妖。"她说,"真是太奇怪了,我们在这里平安无事地住了这么长时间。她们大概不知道我们住在熊洞里。"

"因为她们住在森林对面的山洞里,不是住在河岸上的山洞里。"毕尔克说,"灰矮人这次没有多嘴多舌,不然女妖早就飞到我们头上来了。"

罗妮娅害怕了。

"我们还是不要提她们吧。"她说,"因为一说到她们,她们就会到来。"

黑夜来了。然后是早晨,又是一个温暖的日子,他们像往常一样到河里游泳。

这时候女妖飞来了。不是一两个,而是很多,黑压压的一大片。顿时天空布满了女妖,她们在河流上空盘旋、嘶叫。

"呜呜,水中美丽的小孩子,把他们抓得流出血来。呜呜!"

"钻到水里去,罗妮娅。"毕尔克喊道。他们钻进水中,

在水底游泳，直到不得不露出水面换口气。这时候他们看见很多女妖，把天空都遮黑了，他们知道没救了，这一次是无法脱险了。

"女妖找到我头上来了，我用不着再为冬天到来发愁了。"当罗妮娅听到女妖不停的嘶叫声时，难过地想。

"水中美丽的小孩子，抓破他们的皮，让他们鲜血淋漓。呜呜！"

女妖在攻击之前喜欢先吓唬和折磨人，然后慢慢把人撕破和害死，不过她们同时喜欢围着人盘旋、嘶叫和恐吓。她们在等待领头的女妖发出攻击的信号：时间到！领头的女妖最野蛮、最凶残，她扇动着宽大的翅膀在河流上空飞翔。哎哟哟，她不慌不忙！等着瞧吧，她会首先伸出锋利的尖爪，抓住其中一个在水中来回乱钻的孩子。她会抓住那个黑头发的孩子，你相信吗？她没有看见那个红头发的孩子，不过他总要露出水面。哎哟哟，那时候很多锋利的尖爪也会伸向他。哎哟哟！

罗妮娅钻进水里，又浮出水面，累得呼哧呼哧直喘。她四处张望，毕尔克在哪里？她看不见他，什么地方都看不见他。她左思右想：他在哪儿？淹死了？还是他一个人溜走了，而把她单独丢给女妖？

"毕尔克，"罗妮娅惊慌地呼喊，"毕尔克，你在哪儿？"

这时候那个领头的女妖嘶叫着向她冲过来，罗妮娅闭上了眼睛……毕尔克，我的好哥哥，你怎么在最危险的时刻把我一个人丢下不管呢？

"呜呜，"女妖嘶叫着，"现在我要让她的血流干！"但是她还想再等一会儿，仅仅一小会儿，然后……她在河流上空又盘旋了一圈。罗妮娅突然听到毕尔克的声音。

"罗妮娅，快来！"

一棵被风吹倒的桦树顺水漂过来，树冠上还带着浓密的树叶，毕尔克手攀着桦树。她正好能看到他的头露出水面，那正是他，他没有把她丢下不管。啊，真让人感到欣慰！

她已经无力快游了，但水流把她很快冲过去。她潜入水中，拼命游过去……她到了他身边。他伸手把她拉过去，他们用手攀住同一根树枝，严严实实地藏在那棵桦树树冠下。

"毕尔克，"罗妮娅喘着粗气说，"我以为你已经淹死了。"

"还没到时候。"毕尔克说,"不过快了!你听见'吞人'大瀑布的声音了吗?"

罗妮娅听见咆哮的水声,这就是"吞人"大瀑布的声音。急流把他们往水下卷,罗妮娅知道他们离瀑布越来越近,她已经看见瀑布了。水的流速越来越快,瀑布的水声越来越近,这时她已经感到瀑布对她的巨大吸力。他们会沿着瀑布很快被冲到山下,那是最后一次,也是一生中唯一的一次。

这时候她想与毕尔克靠得紧点儿,她爬到他身边。她知道,他和她有着共同的信念:宁愿在瀑布下丧生,也不让女妖抓走。

毕尔克把手放在她的肩膀上。不管发生什么事情,他们兄妹俩都将在一起,没有任何东西可以把他们分开。

但是人面鹰身女妖在疯狂地搜寻他们。两个小孩子哪儿去了?现在该把他们抓得鲜血淋漓,为什么他们突然消失不见了?

河里只有一棵枝叶茂密的树正顺着急流而下。绿树枝底下藏着什么,人面鹰身女妖是看不见的,她们气得团团转,四处寻找。

但是毕尔克和罗妮娅已经离她们很远很远,他们再也听不到女妖的叫声了。他们只听见越来越大的波涛声,他们知道离瀑布已经很近了。

"好妹妹。"毕尔克说。

罗妮娅没有听见,她只看见他的嘴唇在动。尽管他们谁也听不见对方在说什么,他们还是不停地讲着话。在遇难之前,他们一定要把该说的话都说出来。他们谈论着,如果谁真爱一个人,谁就会在最困难的时刻也不害怕,尽管他们连对方说的什么话一个字也听不见。

后来他们就不再讲了。他们拥抱在一起,闭上了眼睛。

这时候突然有什么东西猛地撞到他们身上,他们惊醒了。桦树正好撞在"吞人"大疙瘩上,因此桦树被水冲得来回旋转。在急流还没来得及把桦树冲走之前,桦树改变了方向,朝河岸冲过去很大一段距离。

"罗妮娅,我们朝岸上游。"毕尔克喊道。

他把紧握树枝的罗妮娅拉下水,他们很快就陷入冒着白沫的旋涡中。这时候他们必须各自去对付要把他们冲到"吞人"大瀑布去的汹涌急流。他们已经能看到岸边平静的水面,远是不远了,但是要到达那里谈何容易。

"瀑布最后还是要吞掉我们。"罗妮娅想。她已经没有力气了。现在她想屈服了,身体不断下沉,激流有可能把她卷回原地,然后把她冲进大瀑布里。

但是毕尔克在她眼前,他回过头来看着她。他一次又一次回过头来看她,这时候她又鼓起勇气游动起来,一次又一次向

前冲击,直到一点儿力气也没有。

不过她已经到了平静的水面,毕尔克把她拉到岸边。

这时候毕尔克也支持不住了。

"我们一定要……"他喘着粗气说。

他们使尽了最后一点儿力气,爬上了河岸,在岸上温暖的阳光下入睡了,完全不知道他们已经脱险。

太阳快落山的时候,他们才回到熊洞。洛维丝坐在洞外边的石板上等着他们。

第十五节

"我的好孩子,"洛维丝说,"你的头发湿成这个样子!你游泳了吗?"

罗妮娅一动不动地站着,直愣愣地看着母亲。母亲坐在一块石板上,身体靠着山壁,刚毅、坚强,就像一座峭壁屹立在那里。罗妮娅满怀深情地看着她。如果她在别的时候来多好啊!只要不是现在,什么时候都好!现在她想一个人和毕尔克在一起。她觉得她的心在脱险以后还在扑通扑通地跳。啊,如果此时此刻能和毕尔克单独在一起述说虎口余生的喜悦,该多好啊!

但此时洛维丝坐在那里,她亲爱的洛维丝坐在那里,罗妮娅已经很久没见到她了,不能让母亲觉得受到冷落!

罗妮娅对她微笑着。

"对,我们游了一会儿水,我和毕尔克!"

毕尔克!这时候她看见他正朝山洞走去,她可不能让他这

样做。怎么能走掉？她跑过去，小声问他：

"你不过去向我母亲问好吗？"

毕尔克冷冰冰地看着她。

"人们用不着向不速之客问好，在我吃奶的时候我母亲就教过我了！"

罗妮娅叹着气。这句话简直把她气疯了。他，毕尔克，站在那里，用冰冷的目光看着她，这就是刚才还同她亲密无间、愿和她生死与共的同一个毕尔克。现在他背叛了她，变成了一个六亲不认的人。啊，她真把他恨死了。她从来没有这样愤怒过！她又一想，何止毕尔克一个人可恨。她恨世上的一切，恨世上折磨她的一切人和事，她想把他们都撕成碎片，毕尔克、洛维丝、马堤斯、女妖、熊洞、森林、夏天、冬天，那个从小就教毕尔克做蠢事的温迪斯，还有凶恶的女妖……啊，不对，她已经在前边把女妖算上了！她还恨很多其他的东西，她一时想不出这些东西的名字，但是她还是要喊，让喊声震得山崩地裂！

不，她没有喊。在毕尔克走进山洞前，她用嘶哑的声音对他说：

"真可惜，你母亲连一点儿人事也没教你，坏事她倒教你不少。"

她走回洛维丝身边，向她解释说，毕尔克情绪不好，然后

她就沉默不语了。她在母亲身旁的石板前跪下来,把脸藏在洛维丝的膝盖中间哭了,不是为了要使山崩地裂,而仅仅是小声哭泣。

"你知道我为什么来吗?"洛维丝说。

"不是给我送面包吗?"罗妮娅哭着说。

"不是。"洛维丝一边说,一边抚摩着她的头发,"你回家去就有面包吃了。"

罗妮娅抽泣着。

"我永远也不回家。"

"好啊,那马堤斯就该跳河去了。"洛维丝心平气和地说。

罗妮娅抬起头来。

"他会因为我去跳河吗？他连我的名字都不提！"

"白天他不提。"洛维丝说，"但是每天夜里他都在梦中哭泣，呼喊你的名字。"

"你怎么知道的？"罗妮娅问，"你又让他到你床上去睡了？他不是在斯卡洛·帕尔的房子里睡吗？"

"不在了。"洛维丝说，"斯卡洛·帕尔不愿意让他睡在那里。我也不愿意让他睡在我的房子里，不过他情绪不好的时候，总得有人跟他在一起呀。"

罗妮娅很长时间没有说话。然后洛维丝又说：

"你知道，罗妮娅，看别人受折磨，我心里很不好过。"

罗妮娅感到自己要哭出声了，这哭声要使山崩地裂。不过她又勉强咬住牙，心平气和地问：

"母亲，如果你是一个孩子，你有一个父亲，他不承认你是他的孩子，甚至不让别人提起你的名字，你愿意回到他的身边吗？假如他又不肯来请你回去的话。"

洛维丝想了一会儿，说：

"我不会回去。他应该请我回去，他一定要请！"

"可是父亲没有请我回去。"罗妮娅说。

她又把脸藏到洛维丝的膝盖中间，泪水把她的粗毛线裙子都浸湿了。

天黑了，夜来临了，最难熬的日子也结束了。

"你去睡觉吧,罗妮娅。"洛维丝说,"我坐在这里稍稍地睡一会儿,等天亮我就回家。"

"我要在你腿上睡。"罗妮娅说,"我要你唱《狼之歌》!"

她想起自己也曾给毕尔克唱《狼之歌》。不过没唱几次,她就感到厌烦了,这辈子再也不想给他唱了。

洛维丝唱起了歌,这时候好像世界又恢复了原样。罗妮娅沉浸在童年的梦境中,她把头靠在洛维丝的膝盖上,在群星下入睡了,一直睡到天大亮。

她醒来的时候,洛维丝已经走了,但是她没有把盖在罗妮娅身上的灰色披肩拿走。罗妮娅醒来的时候还感到披肩热乎乎的,她闻了闻披肩。"啊,母亲还在这里,"她想,"她披肩上的味道有点儿像我过去一只小兔子的味道。"

在远处的火堆旁边,毕尔克手托着头蜷缩在那里,红色的头发垂下来,盖着他的脸。他坐在那里,好像对使罗妮娅生气的事毫不感到内疚。这时候罗妮娅已经把一切都忘掉了,她围着拖在地上的披肩,朝毕尔克走去。但是她犹豫一下,她想他大概不愿意别人打扰他。

但是最后她还是开口问他:

"你在干什么,毕尔克?"

他看着她笑了。

"我坐在这里伤心呢,好妹妹!"

"为什么事伤心？"罗妮娅问。

"我伤心的是，只有当'吞人'大瀑布要夺去你的生命时你才是我真正的妹妹，别的时候你就变了，特别是你爸爸派人给你送信让你回家的时候。我因此情绪不好，做了蠢事，我也为这件事感到伤心，如果你能理解我就好了。"

"谁不伤心呢？"罗妮娅想，"我弄得里外不是人。"

"不过我没有责怪你，"毕尔克继续说，"我知道这是人之常情。"

罗妮娅难为情地看着他。

"不过你还是想当我哥哥，对吗？"

"那还用说。"毕尔克说，"我什么时候都是你真正的哥哥，这你是知道的！不过现在你还应该知道，正是因为这个原因，我才希望和你安安静静地度过这个夏天，讨厌马堤斯城堡的人来回给你送信，不愿意提起冬天的事！"

真是这样，罗妮娅也不愿意想冬天来了怎么办。过去她还不明白，为什么毕尔克一点儿也不愁冬天的事。"现在正是夏天，好妹妹。"他曾经若无其事地说，好像冬天永远也不会来似的。

"我和你只能在一起度过这个夏天。"毕尔克说，"如果你不在我身边的话，我就用不着考虑怎么生活了。冬天的时候你就不在这里了，那时候你该回马堤斯城堡了。"

"那你呢？"罗妮娅问，"你到哪儿去？"

"我待在这儿。"毕尔克说，"我当然可以说几句好话，请求回波尔卡山寨，我知道我不会被赶走。可是这样做有什么用呢？我还是不能得到你，我反而永远见不到你了。因此我宁愿待在熊洞里。"

"你要被冻死。"罗妮娅说。

毕尔克笑了笑。

"可能冻死，也可能冻不死！我想你会经常滑着雪橇来看我，给我带点面包和盐，还有我那件狼皮袄，如果你能从波尔卡山寨里把它偷出来的话。"

罗妮娅摇摇头。

"去年冬天我根本没法滑雪，那时候我连野狼关都出不去。如果真像去年冬天一样，而你又住在熊洞，那你就完蛋了，我的毕尔克·波尔卡松！"

"死就死吧。"毕尔克说，"不过现在还是夏天，我的好妹妹！"

罗妮娅严肃地看着他。

"什么夏天冬天的……谁说我要回马堤斯城堡？"

"是我！"毕尔克说，"如果我能把你送回去就好了。如果非冻死不可，那就让我一个人冻死好了。不过像我刚才说的，现在还是夏天！"

夏天不能常在，毕尔克知道，罗妮娅也知道。但是他们就像一年四季永远是夏季一样生活着，竭力把冬天的一切烦恼都置于脑后。从黎明到夜晚，他们每时每刻都尽情享受着夏天的甜蜜。时间一天一天过去，他们无忧无虑地度着夏天，现在他们还有几天好日子。

"别让任何东西破坏夏天。"毕尔克说。

罗妮娅完全赞同。

"我像野蜂吮吸蜂蜜一样吮吸着夏天。"她说，"我收集了一个夏天的百宝箱，夏天过去以后……我们可以用箱里的东西。你知道箱里都有什么吗？"

她把里边的东西讲给毕尔克听：

"这是一个应有尽有的百宝箱。有日出；有结满蓝莓的蓝莓枝；有你手臂上的黑斑；有夜晚映照在河上的月光和星空；有正午的森林；有太阳照耀松树的美景；有黄昏的阵雨等等。还有松鼠、狐狸、野兔、麋鹿和我们认识的所有野马，有我们在河里游泳和在森林里骑马的情景。啊，你知道，这是一个百宝箱，夏天有什么，箱里就有什么！"

"你真是一位装扮夏天的能工巧匠。"毕尔克说，"继续收集吧！"

他们从早到晚待在森林里。为了充饥他们要捕鱼要打猎，此外，他们就享受夏天的愉快。他们四处去欣赏动物和飞鸟，

登山和爬树，到没有女妖的森林里骑马，到小湖里游泳。夏季就这样一天一天地过去了。

天气渐渐凉了。有一两个夜晚还很寒冷。一天早晨，他们坐在篝火旁，看见一棵白桦树上枯黄的叶子飘落到河里。一叶而知秋，不过他们谁也没说什么。

天气越来越凉。他们虽然还可以看到一望无际的绿色林海，但是绿色中间开始出现黄色和红色。没多久，河岸的峭壁一下子变成了黄红两色。他们坐在篝火旁，看着这种美景，不过谁也没说什么。

河上起雾的时间越来越早。有一天晚上他们到山泉去取水，发现雾已经盖过树冠。转眼间他们就被浓雾包围了。毕尔克放下水桶，紧紧拉住罗妮娅的手。

"怎么啦？"罗妮娅说，"你怕雾吗？你不相信我们能找

到家?"

毕尔克没有说他怕雾。他等待着。突然间从远方的森林里传来那首他熟悉的清脆的歌。

罗妮娅静静地站在那里听着。

"听见了吧?这是地魔在唱歌!我总算有机会听见他们唱歌了!"

"你过去没听见过吗?"毕尔克问。

"没有,从来也没有。"罗妮娅说,"他们想把我们引到地狱去,你知道吗?"

"我知道。"毕尔克说。"你愿意跟他们到地狱去吗?"

罗妮娅笑起来。

"我大概还没疯到这个地步!不过斯卡洛·帕尔说……"她没有说下去。

"他说什么啦?"毕尔克问。

"嗐,没什么。"罗妮娅说。

他们站在那里,等着雾小点儿以后再回家,这时候她想起了斯卡洛·帕尔说的话:

"当地魔在森林里歌唱的时候,人们就知道秋天来了,紧接着就是冬天。哎呀,哎呀!"

第十六节

斯卡洛·帕尔说得对。当地魔在森林里唱着清脆的歌儿的时候,秋天就到了。不过罗妮娅和毕尔克还不太相信。夏天慢慢地消失了,连绵的秋雨接踵而来,就连喜欢雨天的罗妮娅也厌烦了。

他们一连几天坐在山洞里,听着雨水单调地抽打着洞外的石板。这样的天气没法生火,他们冻得直打哆嗦,最后不得不到森林里去跑步,好使身体暖和一点儿。身上虽暖和了一些,可是衣服却被雨水淋湿了。他们回到洞里,换掉湿衣服,然后裹上皮袄,看着天空会不会出现一丝阳光。但是他们从洞口看到的只有滂沱大雨。

"我们遇到了一个多雨的夏天。"毕尔克说,"不过会慢慢好起来!"

雨总算停了,接着就刮起了大风。风在森林中呼啸着,把松树和云杉连根拔起,把桦树上的叶子吹个精光。金色的秋天

不见了,河岸的峭壁上只剩下光秃秃的树木,而狂风并不因此而罢休,它们似乎还要把所有的树木都从地上拔走。

"我们遇到一个多风的夏天。"毕尔克说,"不过会慢慢好起来!"

天气不但没好,反而越来越坏。寒流来了,气温一天比一天低。他们再也不能生活在假想的夏天里了,冬天是回避不了啦,起码罗妮娅是这样想的。她夜里常做噩梦,有一天她梦见毕尔克躺在雪堆里,脸色苍白,头发上挂满了冰霜。她惊叫一声醒来。这时候天已经亮了,毕尔克正在外面的火堆旁边干活儿。她朝他飞跑过去。当她看见他还是长着平时的红头发、上边也没有冰霜的时候,她才平静下来。

河对岸的森林第一次挂着白霜。

"我们遇到一个多霜的夏天。"毕尔克笑着说。

罗妮娅不满意地看着他。他怎么这样沉得住气?他怎么说得这样轻巧?他不懂事吗?他拿自己可怜的生命当儿戏吗?她知道,在马堤斯森林里不能害怕,不过现在她开始害怕了,她很担心冬天来的时候各种灾难会降临在他们身上。

"好妹妹,你不高兴了。"毕尔克说,"你应该离开这里到别的火堆旁边去取暖,而不是在我的火堆旁边。"

这时候她走回山洞,又躺到自己床上去了。别的火堆——她没有别的火堆可去!他是指她家石头大厅中的火炉,在令人

讨厌的严寒中，她很可能再怀念那里的温暖。啊，她多么希望这一生还有机会使身体暖和起来啊！不过她不能回马堤斯城堡，她已经不是马堤斯的孩子了。家中的火炉永远也不会再使她温暖了，这她是知道的。事情就是这样！听天由命吧！现在已经没有任何生路，冥思苦想又有什么用呢？

她看见水桶空了，她想到山泉去取水。

"我把火生旺就去。"毕尔克在她身后喊着。往回提水是很沉的，他俩要一起抬才行。

罗妮娅在山间崎岖的小路上走着，她很小心，免得头朝下摔到山底。然后她走进森林，不远的地方有一块林间草地，四周长满桦树和云杉，山泉就在那里。但是她没有走到泉水边就停住了。有一个人正坐在山泉旁边，这个人就是马堤斯。没错，就是他！她认出了他的黑色鬈发，她的心咚咚地跳起来。她开始哭了，她站在桦树中间默默地哭了起来。这时候她看见马堤斯也在哭。啊，和她那次在梦中梦见的情况一模一样，他一个人坐在森林里，伤心地哭着。他还没有发现她来了，但是当他抬起头来的时候，他看见了她。这时候他用手遮住眼睛，他以为这样她就看不见他的眼泪了。她一边喊一边跑过去，扑到他的怀里。

"我的好孩子，"马堤斯小声地叫着，"我的好孩子！"

然后他大声地叫起来：

"我又有自己的孩子啦！"

罗妮娅偎依在他的胡子下哭着，抽泣着问：

"我现在是你的孩子吗？爸爸？我真的又是你的孩子啦？"

马堤斯一边哭一边说：

"当然啦，跟过去一样，我的罗妮娅！孩子，我为你哭了多少天多少夜啊！天啊，我受了多少折磨！"

他把她推开一点儿，看着她的脸，亲切地问：

"洛维丝说，只要我请你，你就回家，是真的吗？"

罗妮娅没有回答。这时候她看见毕尔克了，他站在桦树林里，脸色苍白，眼睛里充满了忧伤。他可不能太悲伤——毕尔克，我的好哥哥，看你这副样子，你在想什么呀？

"是真的吗，罗妮娅？你现在跟我回家吗？"马堤斯又问了一遍。

罗妮娅没有回答，她看着毕尔克——毕尔克，我的好哥哥，你还记得"吞人"大瀑布吗？

"回家吧，罗妮娅，我们现在就走。"马堤斯说。

毕尔克站在那里，他知道罗妮娅走的时刻到了。他该向罗

妮娅告别了，他该把罗妮娅还给马堤斯了，并向他表示感谢。一定要这样做，他也希望她回去。他已经考虑很久了。为什么她这样悲伤？罗妮娅，你不知道我心里有多难过。你还是快回家吧！快走吧！

"我前几天没有请你，"马堤斯说，"我现在就请你。我衷心地请你回去，罗妮娅，跟我回家去！"

"我这一生从来没有比现在更为难了。"罗妮娅想。她现在一定要说出心里话，她知道马堤斯听了会十分伤心的，但是她一定得说：她想留在毕尔克身边。她不能让他一个人在冬天的森林里冻死——毕尔克，我的好哥哥，我跟你同生死共患难，你知道吗？

这时候马堤斯才看见毕尔克，他深深地叹了一口气。然后他喊道：

"毕尔克·波尔卡松，请过来！我想跟你说句话！"

毕尔克勉强走过来一点儿，再多一步也不愿走。他不卑不亢地看着马堤斯，问：

"你想说什么？"

"本来我应该收拾你，"马堤斯说，"不过我不但不这样做，我还诚心邀请你和我们一起回马堤斯城堡！你绝不要相信这是因为我喜欢你，但是我女儿喜欢你，这我知道，我可能也会慢慢地喜欢你。有些事情最近我反复考虑了很久！"

罗妮娅听完了马堤斯这番话以后,她的心明亮了,她如释重负。最近一个时期压在她心头的那座令人厌烦的冰山,怎么被她父亲的几句话,就融化在春天的小溪里了?怎么一下子就奇迹般地不需要她在毕尔克和马堤斯之间做选择了呢?现在她爱的这两个人,不需要她牺牲任何一个!这真是一种奇迹,它就发生在此时此地!她怀着惊喜、热爱和感激之情看着马堤斯,也看着毕尔克!她发现他一点儿也不高兴,只是显得有些惊奇和疑虑。她害怕了。他如果想不通发起牛脾气不跟着走怎么办呢?

"马堤斯,"她说,"我要单独和毕尔克说几句话!"

"为什么呢?"马堤斯问,"好,好,我暂时去看看我过去住的熊洞。不过它没有用处了,我们马上就回家了!"

"我们马上就回家了。"马堤斯走远了以后,毕尔克冷言冷语地说,"什么家?他想让我到马堤斯绿林弟兄中间去当受气包吗?永远办不到!"

"受气包?你真笨!"罗妮娅说,现在她是真的生气了,"你是不是更愿意冻死在熊洞里?"

毕尔克沉默了半天,然后说:

"对,我是这样想的!"

罗妮娅听完失望极了。

"一个人必须珍惜自己的生命,你懂吗?如果你待在山洞里,你就毁了你的生命!也毁了我的生命!"

"你为什么这样说呢?"毕尔克问,"我怎么会毁了你的生命?"

这时候罗妮娅气得喊叫起来:

"因为我只好也待在你身边,你这个笨蛋!说吧,你到底是愿意还是不愿意?"

毕尔克默默地站在那里,长时间地看着她,然后说:

"你知道,你刚才说的是些什么话吗,罗妮娅?"

"我知道。"罗妮娅喊叫着,"我说的是我们同生死共患难!这一点你也知道,笨蛋!"

这时候毕尔克爽朗地笑了,他笑的样子漂亮极了。

"我可不愿意毁掉你的生命,好妹妹!这是我能做的最后让步。你无论到哪里我都跟着去。如果我一定要生活在马堤斯绿林弟兄中间的话,我也只好这样做,直到我断了气为止!"

他们熄灭了火,把所有的东西都包上。现在他们该离开熊洞了,不过有些恋恋不舍。为了不让马堤斯听见而引起不必要的不安,罗妮娅小声地对毕尔克说:

"明年春天我们再来!"

"好,如果我们还能活到那时候的话。"毕尔克说,看样子他听了这句话还很高兴。

马堤斯也很高兴。他走在他们前面,他刚一开口唱歌,就

把森林里所有的野马吓得四处奔逃,只有"恶棍"和"野蛮"例外。它们顺从地站在那里等着,以为又该骑它们赛跑了。

"今天不去,"罗妮娅一边说,一边抚摩着自己的马,"大概明天就可以了。如果雪下得不大,天天都可以去赛跑!"

毕尔克摸着"野蛮"。

"喂,我们还回来!要好好保住你们的生命!"

他们看见,马已经长出一层厚厚的毛,不久就会披上冬装。"恶棍"和"野蛮"也准备过冬了。

马堤斯已经走进森林很远了,他边走边唱,他们赶紧追他。他们走了很长时间才到野狼关。毕尔克在那里停住了。

"马堤斯,"他说,"我要先回波尔卡山寨一下,看看我父母。如果你能让我随时到你那里去看望罗妮娅的话,我会非常感谢你。"

"当然,当然,"马堤斯说,"对我来说虽然不太容易,不过你还是来吧!"

然后他笑了起来。

"你知道斯卡洛·帕尔说什么?那老家伙说,如果我们不多加小心,官兵最后就会得手。因此他说,最好的办法是马堤斯的人和波尔卡的人联合起来,这老家伙尽出鬼主意!"

他带着几分和解的眼色看着毕尔克,"可惜你有一个坏蛋父亲,不然这个问题倒是可以考虑。"

"你自己就是一个坏蛋。"毕尔克带着友好的口气说,马堤斯听了哈哈大笑起来。

毕尔克把手伸给罗妮娅。野狼关是他们经常告别的地方。

"我们再见了,绿林女儿!你永远永远是我的好妹妹!"

罗妮娅点着头。

"永远永远,毕尔克·波尔卡松!"

当马堤斯和罗妮娅走进石头大厅的时候,绿林弟兄们一声不吭地待在那里,一个人也不敢表示欢迎,有很长时间他们的首领不允许他们在马堤斯城堡举行娱乐活动。只有斯卡洛·帕尔高兴地跳了起来,这个动作和他的年龄很不相称,不过他好像满不在乎。

"有人回家一定要放礼炮。"他说。这句话把马堤斯逗得哈哈大笑,绿林弟兄们也都高兴得流出了眼泪,这是自从在地狱缝发生那件不愉快的事以来,他们听到的第一次欢笑,他们也都跟着笑起来。他们笑得前仰后合,大家都笑了,罗妮娅也不例外。但是当洛维丝从羊圈里回来的时候,大厅里又安静下来。在看到一位母亲迎接自己失而复得的孩子时是不能大笑的,那个场面也使绿林弟兄们流出了眼泪。

"母亲,你能把那个大澡盆给我拿来吗?"罗妮娅问。

洛维丝点点头。

"我早就准备好了,水也在烧!"

"我完全相信,"罗妮娅说,"你是一个细心、周到的母亲。你从来没有见过比我更脏的孩子吧?"

"从来没见过。"洛维丝说。

罗妮娅躺在自己的床上,肚子吃得饱饱的,身上又干净又温暖。睡觉前她吃了洛维丝烤的面包,喝了一大杯奶,然后洛维丝在澡盆里给她洗澡,洗完后她的皮肤又光又亮。现在她躺在原来的床上,通过床罩看着炉子里的火渐渐熄灭,一切都恢复了原样。洛维丝给她和马堤斯唱完了《狼之歌》,现在该睡觉了。罗妮娅已经困了,但是她的脑子还在想着事。

"熊洞里现在可能相当冷了。"她想,"我躺在这里,从头到脚都很暖和。人突然变得这样幸福,难道不奇怪吗?"然后她又想到毕尔克,"他在波尔卡山寨怎么样呢?但愿他从头到脚都暖和。"她想,随后闭上了眼睛,"我明天问他吧。"

石头大厅里静悄悄的。但是这时候马堤斯不安地叫了一声:

"罗妮娅!"

"什么事?"罗妮娅睡得迷迷糊糊地答应。

"我想问问你是不是躺在那里。"马堤斯说。

"我当然在这儿。"罗妮娅再次迷迷糊糊地答应。

然后她就睡着了。

第十七节

罗妮娅喜欢的森林又像过去一样成了她的好朋友,她也喜欢秋天的森林和冬天的森林。她住在熊洞的最后几天觉得森林很可怕。现在她和毕尔克在下满白霜的森林里骑马游玩,这种冬天的景象反倒给了她很大乐趣,她对毕尔克述说着自己的心情:

"当我回到家里,浑身上下都暖和的时候,我想我一年四季都能待在森林里。要是我躺在寒冷的山洞里打哆嗦,我大概就不会这样想了。"

原来想在熊洞过冬的毕尔克对回到波尔卡山寨后得到的温暖,也很满意。

他一定得住在波尔卡山寨,他知道这个道理,罗妮娅也知道这个道理。不然马堤斯山中的这两个绿林家族会更加敌对。

"你知道,我回去的时候,我父母非常高兴。"毕尔克说,

"我真不敢相信,他们竟对我那么好!"

"你可以住在他们那里,"罗妮娅说,"一直住到春天!"

马堤斯也主张毕尔克住在他父母那里。

"当然应该,当然应该。"他对洛维丝说,"这个狗崽子只要愿意,他随时可以来。我曾经请他来我们家住。不过这个红鬼不在我眼皮底下也好!"

马堤斯城堡的生活又充满了欢乐。绿林弟兄们唱歌、跳舞,马堤斯又像过去一样高声欢笑。

但是外出抢劫的活动仍然像过去一样没有起色,和官兵的冲突日益加剧。马堤斯知道,现在官兵确实在搜捕他。他把原因告诉罗妮娅:

"就是因为在一个漆黑的夜里,我们把帕尔叶从那座可怕的监牢里救了出来。同时还救了波尔卡的两个人。"

"里尔·克里奔说,帕尔叶会被绞死。"罗妮娅说。

"绞死我的弟兄,休想。"马堤斯说,"现在我让可怜的官府知道,他们囚禁的绿林弟兄已经无影无踪!"

但是斯卡洛·帕尔若有所思地皱了皱眉头。

"就是因为这样,我们才招来这么多官兵,他们像苍蝇一样布满整个森林。官兵最后会得手,马堤斯,这句话我还要说多少遍,你才能明白?"

斯卡洛·帕尔现在又提起了马堤斯和波尔卡应该联合起来

那句老话，他说现在还为时不晚。他认为，一支强大的绿林人马可以对付众多的官兵，但是鹬蚌相争，只会使渔人得利。

这些道理马堤斯不愿意听。他只要自己找个机会考虑考虑就行了。

"话是这么说，老人家，"马堤斯说，"你可能有一定的道理。不过你说谁当这支人马的首领呢？"

他轻蔑地笑起来。

"让波尔卡吗？我，马堤斯，是天下山林中强大无比的首领，绝不甘拜下风！不过小小的波尔卡不一定会服气。"

"那就给他看看。"斯卡洛·帕尔说，"和他比武，你力大如牛，肯定会胜！"

这是斯卡洛·帕尔仔细想了很久才想出来的主意。通过比武排定座次和使波尔卡服输，然后在马堤斯城堡建立一支统一的人马。大家拧成一股绳，共同设防，迷惑官兵，他们厌烦了就会自动撤离。这难道不是好主意？

"我认为最好的主意是结束抢劫，"罗妮娅说，"我一直都这样想。"

"你说得完全对，罗妮娅！你真聪明！但是我太老了，我已经没有力气让马堤斯的头脑开窍了。"

马堤斯瞪了他一眼。

"你就是我父亲和我手下的一个劫路强盗，你竟然也讲出

这样的话！不抢劫！你想过没有，不抢劫我们吃什么？"

"你大概从来没有发现，"斯卡洛·帕尔说，"世界上有那么多人不抢劫，他们不也生活吗？"

"话可以这么说，可是怎么生活呢？"马堤斯质问。

"啊，办法可多啦，"斯卡洛·帕尔解释说，"我可以教给你一个办法，如果我相信在你被绞死之前不再坚持当强盗的话。不过时机到了，我会告诉罗妮娅一个秘密。"

"什么秘密？"马堤斯问。

"我刚才说过了，"斯卡洛·帕尔说，"我将会告诉罗妮娅，免得你被绞死的时候，她束手无策。"

"绞死，绞死，绞死，"马堤斯生气地说，"别说了，老丧门星！"

时间一天一天地过去，马堤斯并没有采纳斯卡洛·帕尔的意见。

但是有一天早晨，马堤斯的绿林弟兄们刚备好马，波尔卡飞马来到野狼关，说有话要跟马堤斯讲。他带来一个不幸的消息。因为不久之前他的死对头慷慨地从官府的囚牢里救出了他的两个弟兄，他现在愿以德相报。"今天想活命的绿林弟兄谁也不要到森林里去，"波尔卡警告马堤斯说，"因为官兵已经设好了圈套。"他刚从绿林走廊来，官兵已经在那里埋伏好了。他有两个弟兄被俘，另一个在逃跑的时候受了重伤。

"这些恶棍竟不让可怜的绿林弟兄混口饭吃。"波尔卡生气地说。

马堤斯紧皱眉头。

"啊,我们一定要立即教训教训这帮不知羞耻的家伙!这样下去我们怎么受得了?"

说完以后,他才发现他说了"我们",这时候他深深地叹了口气。他默默地站了一会儿,把波尔卡从头到脚地打量了一番。

"我们大概应该……联合起来,"他最后说,不过声音有些发抖。他竟对一个波尔卡家族的人讲出这样的话!如果他的父亲、祖父和曾祖父在九泉之下听到了这些话,怎么能不气疯了呢!

但是波尔卡显得很高兴。

"你第一次讲出明理话,马堤斯!一支强大的绿林人马,讲得太好了!在一个强壮的首领率领下!我知道有一个人最合适,"他一边说,一边比试了一下,"有勇有谋,那就是我!"

这时候马堤斯自信地笑起来。

"你过来,让我告诉你,谁最适合当首领!"

就这样斯卡洛·帕尔的夙愿实现了。马堤斯和波尔卡将比武,他们也都认为这是个好建议。他们双方的弟兄听了这个重

要消息,也都异常兴奋。比武的那天早晨,马堤斯的绿林弟兄在石头大厅里高声喧哗,洛维丝不得不把他们赶出去。

"都出去,"她高声喊着,"我实在受不了你们的喊叫!"

听马堤斯一个人喊叫就够受的了。他在石头大厅里走来走去,牙齿咬得嘎吱嘎吱响,大话连篇,说要把波尔卡打得皮开肉绽,比武完了让温迪斯也认不出他的模样来。

斯卡洛·帕尔轻蔑地哼了一声。

"得胜归来再吹牛,这是我母亲常跟我说的一句话!"

罗妮娅厌恶地看着杀气腾腾的父亲。

"我可不愿意看你和别人厮打!"

"也不许你去看。"马堤斯说。通常妇女和儿童都不准观看,让她们看"野兽打架"对她们没有好处。人们所以用这个词来形容这类比武,是因为他们彼此野蛮地厮打。

"不过你无论如何要去,斯卡洛·帕尔。"马堤斯说,"你虽然老了,但是'野兽打架'会使你开心。走吧,老人家,我让你骑我的马。现在时间已经到了!"

这是一个寒冷而晴朗的早晨,地面上挂了一层白霜,野狼关的草地上站着马堤斯的人和波尔卡的人,他们手持长矛,把马堤斯和波尔卡围在中间。他俩将在这里比武,看谁更适合当首领。

斯卡洛·帕尔披着一件皮袄坐在附近的一个高坡上。他的

样子就像一只脱了毛的老乌鸦,但是他神采奕奕,聚精会神地观看着下边的比武。

两位斗士脱掉了所有的衣服,只留下一件衬衣,光着脚走在结满白霜的地上。他们揉着胳膊上的肌肉,前后左右跳动着,以便使身体活动开。

"你鼻子都冻紫了,波尔卡。"马堤斯说,"不过我敢保证,你马上就会汗流浃背!"

"我肯定你也会这样。"波尔卡自信地说。

在进行"野兽打架"的时候,各种诡计和动作都可以使用。可以掰胳膊,托下巴,可以抓可以拉,可以扯可以咬,还可以光着脚踢。但是不得踢下部要害处,这样的动作算野蛮动作,谁有这样的犯规动作就被判为输了。

福尤索克发出了他们准备的信号,比武开始。在一片助威

的喊叫声中,马堤斯和波尔卡彼此冲过去,两人动起手来。

"对我来说是个很大的不幸。"马堤斯一边说,一边用他的两只像熊掌一样的大手搂住波尔卡的腰,"你是个坏蛋!"他用力抱住波尔卡,不过波尔卡只是冒了一点儿汗——"不然我早就让你当我的副首领了,"——他双手狠命地抱住波尔卡——"那样我就不必把你的五脏挤出来。"——马堤斯抱得那么紧,波尔卡呼哧呼哧地喘着粗气。

但是波尔卡喘完气以后,用他的头猛撞马堤斯的鼻子,马堤斯的鼻血顿时喷了出来。"对我来说是个很大的不幸,"波尔卡说,"我不得不敲打你的猪鼻子,"——这时他又用力撞了一下——"因为你早已是难以想象的丑陋。"——这时他抓住了马堤斯的一只耳朵,使劲揪住不放。"两只耳朵,你大概只需要一只吧?"他一边问一边使劲揪,差一点儿把马堤斯的耳朵揪掉了。但是他松手了,因为在一瞬间马堤斯把他摔倒了,用一只铁拳使劲顶住他的脸,波尔卡的脸好像都被压瘪了。"你打得我太痛了,"马堤斯说,"我也得好好收拾你,让温迪斯在光天化日下每次看到你都痛哭一场。"说完他又用力顶,不过这时候波尔卡用牙齿咬住了马堤斯手心上的一块肉,他咬住不松口。马堤斯尖叫一声,企图把手从波尔卡的嘴里挣脱出来。但是波尔卡咬住不放,直到他不得不喘一口气。这时候他把几小块肉皮啐在马堤斯的脸上。"这是你的,拿回家喂猫

吧。"他一边说一边喘着粗气,因为马堤斯把全身都压在他身上了。比武结果表明,尽管波尔卡的牙齿很尖,但是在其他方面他不如马堤斯力气大。

比武完了以后,马堤斯像首领一样站在那里,满脸是血,身上已被撕成碎条的衬衣在风中飘动。所有的绿林弟兄都得承认,他是一个名副其实的首领。不过一些人感到忧伤,特别是波尔卡。

波尔卡觉得很丢脸,他都快要哭了,马堤斯对他讲了几句安慰的话。

"波尔卡兄弟,比武完了我们就是弟兄了,"他说,"你的首领荣誉将保持终身,你的人马仍归你率领。但是不要忘记,我马堤斯是天下山林中最强大的首领,从现在起,你和我的话同样有效,请记住吧。"

波尔卡只是点了点头,此时此刻他不愿多说话。

当晚,马堤斯在石头大厅为马堤斯城堡所有的绿林弟兄——自己的人和波尔卡的人举行晚宴,这是一次酒肉丰盛的晚宴。

这个晚上,马堤斯和波尔卡感情越来越亲密。他们坐在长桌子旁边有时哭,有时笑,他们回忆起童年时代在那个旧猪圈里捉老鼠的情形,他们还讲了很多可以想得起来的其他有趣的事情。绿林弟兄们听得津津有味,还不时发出笑声,罗妮娅和

毕尔克坐在桌子边上也听得入了神。他们银铃般的笑声盖过了绿林弟兄们粗野的笑声，马堤斯和波尔卡听到他们的笑声，也感到很高兴。有很长一段时间，马堤斯城堡既没有罗妮娅的笑声，也没有毕尔克的笑声。直到现在，他们对于两个孩子都回到家里，仍然觉得新鲜和快乐。因此在他们的耳朵里，孩子们的笑声就是最美妙的音乐。他们一高兴就把话题扩大到童年以外的方面去了。

正在这个高兴的时刻，马堤斯说话了：

"不要为今天的事难过了，波尔卡！波尔卡家族会越来越兴旺。你我都不在世的时候，我保证是你的儿子当首领。因为我的女儿不愿意当。她说过不当，就永远不会当，跟她母亲一

样，说一不二。"

波尔卡听了由衷的高兴。但是罗妮娅隔着桌子喊道：

"你以为毕尔克愿意当首领吗？"

"他愿意。"波尔卡肯定地说。

这时候毕尔克走到地板上，站在那里，大家都看着他。他举起右手，庄严发誓，他永远不做绿林强盗。

石头大厅里死一样地沉静。波尔卡含着眼泪坐在那里，他为自己的不肖之子而悲伤。不过马堤斯想方设法安慰他。

"我已经习惯了。"他说，"你也要慢慢地习惯！现在的孩子没办法管。随他们的便吧，习惯就好了。不过说是这么说，做起来不容易！"

两个首领长时间坐在那里，沮丧地展望着未来，马堤斯家族和波尔卡家族引以为荣的绿林生活将成为往事，被人很快遗忘。

直到他俩把话题又转到猪圈里捉老鼠的时候，才又欢乐起来，尽管两个倔强的孩子刚才惹他们生气，但他们的绿林弟兄争着用欢乐的绿林之歌和粗犷的舞蹈驱散他们的忧愁。他们跳舞时把木头地板踏得咚咚作响。毕尔克和罗妮娅也高兴地跳着，罗妮娅教给毕尔克很多欢乐的绿林鱼跃舞。

在这段时间里，洛维丝和温迪斯坐在另一个大厅里，她们一边吃一边交谈。在绝大多数问题上，她们没有共同的想法，

只有在一件事情上是一致的：找个机会让耳朵休息一下，连一点儿男人的吵嚷声也别听见。

大厅里的晚宴持续了很久，直到斯卡洛·帕尔由于疲劳过度而躺倒在地板上为止。尽管他年纪大了，这一天他仍然感到异常兴奋，不过现在他实在坚持不住了，罗妮娅把他搀回卧室。他疲倦地躺在床上，脸上却带着满意的微笑，罗妮娅给他盖上皮袄。

"我放心了，"斯卡洛·帕尔说，"你和毕尔克都不愿意当绿林强盗。过去当绿林可能是乐趣，我必须这样说。但是现在处境越来越困难，在还没明白是怎么回事的时候，可能就被绞死了。"

"对呀，被抢走东西的人又哭又叫，"罗妮娅说，"我可不忍心干这种事。"

"说得对，孩子，你永远不会忍心干这种事。"斯卡洛·帕尔说，"不过现在我想给你讲一个小小的秘密，如果你保证不对别人讲的话。"

罗妮娅答应不对别人讲。

这时候斯卡洛·帕尔紧握住她热乎乎的小手，让自己冰冷的手被焐热，然后开始讲他的秘密：

"我的小宝贝，"他说，"我小时候跟你一样，整天待在森林里。有一次我救了一个灰矮人的命，当时人面鹰身女妖正

要把他抓走。一般来说,灰矮人对人不怀好意,可是他却与众不同,他追着我不走,非要感谢我,一定要给我……啊,马堤斯来了。"斯卡洛·帕尔说,因为这时候马堤斯正站在门口,他好半天不见罗妮娅,特地来这里找她。晚宴结束了,现在该听《狼之歌》睡觉了。

"我一定要听完这个故事才睡。"罗妮娅说。

当马堤斯站在那里等的时候,斯卡洛·帕尔在罗妮娅耳边小声地继续讲。

"好极了。"她听完了整个故事以后说。

夜来临了。整个马堤斯城堡粗鲁的绿林弟兄很快都进入了梦乡。但是马堤斯在卧室里叫苦不迭。尽管洛维丝已经给他的大小伤口都涂上了药膏,还是不管用。现在静下来了,他就感到痛了,只要稍微一动,伤口就钻心似的痛。他连眼皮也不能合,特别使他生气的是,洛维丝躺在那里睡得又香又甜。他忍不住把她叫醒。

"我痛死了。"他说,"我真希望,波尔卡那个坏蛋躺在家里,比我痛得更厉害!"

洛维丝翻了个身,把脸对着墙。

"男人们呀。"她一边说,一边又马上睡着了。

第十八节

"人老了怎么能在大冷天坐在外面看'野兽打架'呢?"洛维丝埋怨说。第二天斯卡洛·帕尔浑身酸痛发冷,不愿起床。病好了以后,很长时间他也不愿意离开床。

"我躺着和坐着还不是一样。"他说。

马堤斯每天都到他屋里去,告诉他绿林生活的新情况。马堤斯显得很满意。"波尔卡干得不错。"他说,他们也没吵过架。此外波尔卡还是个谋士,他们一起搞了几次成功的打劫活动。他们把官兵拖得晕头转向,觉得很开心。马堤斯百分之百地相信,官兵很快就会全部撤离马堤斯森林。

"啊,啊,得胜归来再吹牛。"斯卡洛·帕尔低声说,不过马堤斯没有听见他的话。他没有闲工夫在那里久坐。

"你太瘦了。"临走前马堤斯心疼地说,并且用手抚摩着斯卡洛·帕尔,"腿上再长点儿肉吧,那样你就可以站起来了!"

洛维丝尽心尽力地照顾斯卡洛·帕尔。她端来热的姜汤和

其他斯卡洛·帕尔喜欢吃的东西。

"喝点儿热汤，你就暖和了。"她说。但是热汤也无法驱散斯卡洛·帕尔身上的寒冷，洛维丝不安起来。

"我们把他移到石头大厅去，那里暖和。"一天晚上她对马堤斯说。马堤斯用他粗壮的胳膊把斯卡洛·帕尔抱离单人房间。马堤斯让他和自己睡一张床，洛维丝和罗妮娅睡一张床。

"我这把老骨头总算'融化'开了。"斯卡洛·帕尔说。

马堤斯身上暖乎乎的，斯卡洛·帕尔紧紧靠着他，就像一个小孩子偎依在母亲身边寻求温暖和疼爱一样。

"你别使劲儿挤呀。"马堤斯说。可是斯卡洛·帕尔不听，照样紧挨着他。第二天早晨，他不愿意回自己屋里去，他觉得睡在马堤斯的床上很舒服。他白天躺在那里看洛维丝干活儿，晚上绿林弟兄们回家以后围在他身边，讲述他们怎么样抢劫。罗妮娅也来到他身边，讲述她和毕尔克怎么样在森林里玩。斯卡洛·帕尔很满意。

"在我等待的那件事实现时，我就心满意足了。"

"等待什么事？"马堤斯问。

"你猜吧！"斯卡洛·帕尔说。

马堤斯猜不着。但是他不安地发现，斯卡洛·帕尔身体越来越虚弱。他问洛维丝：

"你看他有什么毛病？"

"老了。"洛维丝说。

马堤斯不安地看着她。

"他不会死吧?"

"他会死去。"洛维丝说。

这时候马堤斯哭了起来。

"啊,真见鬼,"他喊叫着,"我可不愿意他死!"

洛维丝摇着头。

"你可以管天、管地,马堤斯,生老病死,你可管不了!"

罗妮娅也为斯卡洛·帕尔担心,自从他生病以后,她经常坐在他身边。如今他总是闭着眼躺在床上,只是有时候睁开眼看看她。这时候他笑着问她:

"我的小宝贝,那件东西你没有忘记吧?"

"没有,我肯定会找到。"罗妮娅说。

"对,你会找到。"斯卡洛·帕尔很信任地说,"时机一到,你就找到了!"

"对,我会去找。"罗妮娅说。

过了一段时间以后,斯卡洛·帕尔变得更加虚弱。

最后的时刻终于来了。有一天夜里,马堤斯、洛维丝、罗妮娅和所有的绿林弟兄都来看他。他双眼紧闭,一动不动地躺在床上。马堤斯不安地寻找生的迹象,但是床的周围一片昏暗,只是床边的火炉和洛维丝点的羊油蜡烛亮着。啊,一切生

的迹象都没有了。马堤斯突然喊叫起来：

"他死了！"

这时候斯卡洛·帕尔睁开一只眼睛，不满意地看着他。

"我当然没死！难道你不相信，在我离开人世之前，我有足够的理智向大家告别吗？"

然后他又把眼睛闭上很长时间，别人都默默地站在那里，听着他微弱的呼吸。

"但是现在，"斯卡洛·帕尔一边说，一边睁开眼睛，"现在，好朋友们，我和你们永别了！因为我现在要死了。"

他就这样死了。

罗妮娅从来没有看见过谁死去，她哭了一会儿。"他最近一个时期太疲倦了，"她想，"现在他可能到一个我不知道的地方去休息了。"

但是马堤斯在石头大厅里放声地哭着。他一边走来走去，一边喊叫着：

"他一直在我身边！现在他不在了！"

他一遍又一遍地重复着这句话：

"他一直在我身边！现在他不在了！"

这时候洛维丝说：

"马堤斯，你知道，没有人可以永生。谁都有生有死，世界永远是这样，这有什么可抱怨的？"

"可是他最理解我。"马堤斯喊叫着,"他最理解我,所以我心里难过!"

"你愿意让我抱一会儿吗?"洛维丝说。

"好,抱我一会儿吧。"马堤斯高声说,"还有罗妮娅,你也过来抱我一会儿!"

然后他坐下来,靠在洛维丝和罗妮娅身上,伤心地哭着一直在他身边、而现在却离开了人世的斯卡洛·帕尔。

第二天他们把斯卡洛·帕尔葬在河边。冬天已经来临,这一天第一次下雪。当马堤斯和他的绿林弟兄把斯卡洛·帕尔的棺材抬向墓地的时候,松软的雪花飘落在他的棺材上。棺材是斯卡洛·帕尔在世的时候自己做的,多年来一直保存在藏衣室的最里边。

"一位绿林能知道他什么时候需要棺材。"斯卡洛·帕尔生前这样说过,他在世的最后几年,经常想,要多长时间棺材才能用得上。

"不过早晚会用上。"他说。

现在就用上了。

城堡里的人都深深地怀念斯卡洛·帕尔。整个冬天马堤斯都闷闷不乐。绿林弟兄们也都闷闷不乐,因为马堤斯的情绪决定着马堤斯城堡里的喜怒哀乐。

已经是冬天了,罗妮娅和毕尔克到森林里去了,当她在山

坡上穿上滑雪板的时候,她就忘了一切忧愁。不过她一回到家,看到马堤斯愁眉不展地坐在火炉前,就想起来了。

"安慰安慰我吧,罗妮娅。"他恳求说,"帮我散散心吧!"

"很快就到春天了,春天来了就好了。"罗妮娅说,可是马堤斯不信。

"斯卡洛·帕尔再也看不到春天了。"他伤心地说。罗妮娅再也找不出别的话来安慰他。

冬天过去了,春天来了,不管谁生谁死,自然界总是这样变化。马堤斯的情绪好多了,每当春天来的时候,他总是高兴。他吹着口哨,唱着歌,带领绿林弟兄骑马穿过野狼关。波尔卡和他的人马已经在那里等候。啊,漫长的冬天过去以后,抢劫的生活总算又开始了!不管是马堤斯还是波尔卡都以此为乐,他们好像生来就是绿林强盗,没有任何理智。

他们的孩子比他们聪明,他们有着完全不同于父辈的爱好。雪融化了,他们去骑马,他们很快就要搬回熊洞去住。

"我真为你永远不当绿林强盗而高兴,毕尔克。"罗妮娅大声说。

毕尔克笑了。

"不当,我已经发过誓了。可是我想,你和我靠什么为生呢?"

"我知道,"罗妮娅说,"我们当矿山主,你觉得怎么样?"

这时候她向毕尔克讲了斯卡洛·帕尔的银山故事,这是一个灰矮人为了感激他的救命之恩告诉他的。

"那里有大块大块的银子,就像苹果那么大。"罗妮娅说,"可是谁知道,这是故事还是真事呢?斯卡洛·帕尔说是真事。我们哪一天骑马到那儿去看看,我知道银山在什么地方。"

"不过用不着忙,"毕尔克说,"要保密!不然所有的绿林弟兄都会去采银子!"

这时候罗妮娅笑了。

"你像斯卡洛·帕尔一样聪明。他说绿林弟兄都像秃鹰一样贪婪,所以除了你,我谁都不告诉!"

"不过现在我们没有银子也可以过得去,好妹妹。"毕尔克说,"在熊洞需要的是别的东西!"

春天的气息越来越浓了,罗妮娅思索着怎样把她又要搬到熊洞去的事情告诉马堤斯。但是马堤斯是一个很怪的人,谁也摸不清他的脾气。

"我原来住的那个洞真不错,"他说,"这个季节住在那里比住在这里强多了!你说对不对,洛维丝?"

洛维丝对他反复无常的性格已经习惯了,所以她没有感到奇怪。

"你父亲同意就去吧,孩子。"她说,"尽管我会想念你!"

"不过你秋天一定要回家来,就像往常那样。"马堤斯说,就好像罗妮娅过去几年一直这样搬出搬进马堤斯城堡一样。

"对,我会像往年那样搬回来。"罗妮娅保证说。她对这件事这样容易解决,感到又兴奋又惊奇,她原来准备大哭大闹一场。马堤斯坐在那里,就像他回忆童年猪圈里捉老鼠的趣事一样快乐。

"啊,我住在熊洞的时候,条件比现在差多了。"他说,"不要忘记,那个山洞实际上是我的,我有时候还要去看看你们!"

当罗妮娅把这句话讲给毕尔克听的时候,他学着马堤斯的腔调说:

"他随时可以来……"他补充说,

"不过这个红鬼不在我眼皮底下也好!"

  这是一个清晨。它好像是世界上第一个早晨那样美丽!熊洞中的定居者从森林中走过来,他们四周是美丽的春天。在树上,在水中,在绿色的灌木丛里,生机勃勃,春意盎然。唧唧,喳喳,呜呜,沙沙,虫鸣鸟叫,处处可以听见春天健康、粗犷的歌声。

  他们来到山洞——他们野外的家。一切如故,舒适,亲切,河流在下边奔腾咆哮,森林沐浴在阳光里。春天是新的,但是与往年的春天一样。

  "不要害怕,毕尔克。"罗妮娅说,"我要对春天欢叫了!"

  她像一只鸟儿一样欢叫着,愉快的叫声一直传到远处的森林。

~译者后记~

我完成了瑞典著名儿童文学作家林格伦作品系列的第八卷《我们都是吵闹村的孩子》的翻译工作后,心里特别高兴,回想起翻译林格伦的作品完全出于偶然。1981年我去瑞典斯德哥尔摩大学留学,主要是研究斯特林堡。斯氏作品的格调阴郁、沉闷,男女人物生死搏斗、爱憎交织,读完以后心情总是很郁闷,再加上远离祖国、想念亲人,情绪非常低落。我吃不好饭,睡不好觉,每天不知道想干什么,想要什么,有时候故意在大雨中走几个小时。几位瑞典朋友发现我经常有意无意地重复斯特林堡作品中的一些话。斯特林堡产生过精神危机,他们对我也有些担心,因为一个人整天埋在斯特林堡的有着多种矛盾和神秘主义色彩的作品中很容易受影响。他们建议我读一些儿童文学作品,换一换心情。我跑到书店,买了一本林格伦的《长袜子皮皮》,我一下子被崭新的艺术风格和极富人物个性的描写所吸引。我一边读一边笑,觉得自己浑身充满了力量。我好像跟皮皮一样,能战胜马戏团的大力士,比世界上最强壮的警察还有力量,愤怒的公牛和咬人的鲨鱼肯定不在话下。由于

职业的关系，我读完一遍以后开始翻译这本书，一个暑假就完成了。从此，翻译林格伦的书几乎成了我的主业。

我第一次见到林格伦是在1981年秋天，是由给我奖学金的瑞典学会安排的。她的家在达拉大街46号，对面是运动场，旁边有森林和草地。当时女作家还算年轻（74岁），亲自给我煮咖啡。我们谈了儿童文学和儿童教育问题。1984年我从瑞典回国，她表示希望到中国看看。这个消息传出以后，瑞典—中国友好协会和瑞典驻中国大使馆立即表示，什么时候都可以安排。不过医生认为，路途太遥远，不宜来华访问，因此未能成行。但是她对我说，由于她的作品被译成中文，她开始关注中国的事情。1997年她已经90岁高龄，并且双目失明，在一般情况下她已经不再接待来访者，但当她听说我到了斯德哥尔摩以后，一定要见一见。当时我和我的夫人都很感动，在友人的帮助下，我们一起合影留念。2000年秋我去斯德哥尔摩的时候，朋友告诉我，她的身体已经很不好，大部分记忆消失，已经认不出人了。但是圣诞节的时候，我仍然收到了以她的名义寄来的贺卡。

不知什么原因，我和林格伦女士一见如故。她曾开玩笑说，可能是我们都出生在农民家庭。1984年我回国以后一直与她保持联系，有时候她还把我写给她的信寄到报社去发表。1994年，当她得知我翻译时还用手写的时候，立即给我寄来

10000克朗，让我买一台电脑。我和她虽然相隔几千公里，但我和我的家人时刻惦记着她，希望她健康长寿。

  我已经把林格伦的主要作品和一部分由她的作品改编成的电影译成中文，断断续续用了20年的时间。作品中的故事大都发生在20世纪上半叶，作家笔下的风俗、习惯、传统、民谣、器物等，现代人都比较陌生了。我在翻译中遇到的问题，除了作家本人亲自给我讲解以外，还得到很多瑞典朋友的帮助，如罗多弼和列娜夫妇、林西莉女士、韩安娜小姐、史安佳女士和隆德贝父女等，在此对他们表示深深的感谢。希望我的拙译能给小读者们和他们的父母带来愉悦，并增加对这个北欧国家儿童生活的了解。

永远的皮皮
永远的林格伦

中国少年儿童新闻出版总社隆重推出——

国际安徒生奖获得者
瑞典童话大师林格伦儿童文学全集

长袜子皮皮	淘气包埃米尔	小飞人卡尔松	大侦探小卡莱	米欧，我的米欧

狮心兄弟	吵闹村的孩子	疯丫头马迪根	绿林女儿罗妮娅	海滨乌鸦岛

叮当响的大街	铁哥们儿擒贼记	小小流浪汉	姐妹花

中国最著名的瑞典文学翻译家李之义先生，曾荣获瑞典国王颁发的"北极星勋章"。他用近30年的时间完成了林格伦儿童文学全集的翻译，其译作准确生动、风趣幽默，深受中国孩子喜欢。